https://www.alphapolis.co.jp/

とある一軒家の話。

「そろそろ昼だけど、ご飯はなにかい？」

「あら、もうそんな時間でした？」

廊下続きの縁側で、乾燥させた青豆を選り分けていたおばあさんにおじいさんが声をかけた。

「ちょっと待ってくださいねぇ……そうね、焼きうどんでも作りますから」

「ああ、ゆっくりでいいぞ」

時計の針はもうすぐ正午を指そうとしていた。おばあさんはゆっくり立ち上がると、仕事を中断して台所に入っていく。

この、一軒家には、仲睦まじい老夫婦が住んでいた。

いつもにこにこと笑う、はつらつとした中にも凛とした芯を感じさせる若々しいおばあさんと、ハイカラで冗談の得意な愉快なおじいさん。二人は近所でも評判のおしどり夫婦だった。

おばあさんは料理が大変上手で、近所の奥様方の相談役であり知恵袋でもあった。

そんなおばあさんをとても大切にしているおじいさんは、新しもの好きでひょうきんな所が近所の旦那様方に人気の人物だ。

そして二人の共通の趣味はドライブという、活動的な老夫婦だった。

毎日のように朝から近所の人が訪ねてきてはお茶を飲んだり話をしたり、お土産を届けてくれたりと、充実した日々を送っていた。

「ばあさん、ネギは控えめに頼むよ」

「この歳で好き嫌いとか恥ずかしいですよ。おじいさん」

おじいさんは苦笑いで読んでいた新聞から顔を上げた。それはいたずらをした後のような子供っぽい表情で、料理をするおばあさんの背中を見つめていた。

「おじいさん、味付けはどうしますか？　醤油ですか？」

「出汁醤油が残っていたら、それがいいなぁ」

「ありますよ」

　おばあさんは手際よく野菜とかまぼこを刻み、玉うどんを電子レンジで加熱し、具材とともにさっとフライパンに入れ、炒めて味をつける。

　その慣れた手つきは、焼きうどんがおじいさんの好物であるのを物語っていて、実に軽快だった。

　最後に油抜きした油揚げを刻んで加え、出汁醤油で味を整え皿に盛る。

　その間に居間の座卓をおじいさんが、いそいそと片付け布巾で綺麗に拭いた。

「できましたよ」

「今日はかまぼこ入りか」

　そうして二人一緒に昼食を食べ始めたのだった。

　これが、二人が和やかに過ごした最後の時間の話である。

　それからすぐ、おじいさんは軽めの風邪を引いた。

　近所のかかりつけの医者に診てはもらったものの、翌週のなかばに体調は悪化して起き上がれなくなり、週明けには大きな病院に入院することになった。

「おじいさん、大丈夫ですか？」

「なぁに、ちょっと疲れが溜まってたんだろうよ。退院したら焼きうどんが食べたいなぁ」

そう言って力なく微笑むおじいさんは、その翌日に容態が急激に悪化して、そのまま帰らぬ人となった。

おじいさんの葬儀にはたくさんの人が参列し、温かく華やかに送り出すことができた。

おばあさんは気丈にしっかりと喪主を務めて、一人一人に今までの付き合いに対する感謝の言葉をかけていた。

それから、おばあさんはその家でひとり暮らしをすることになった。

今まで以上に慎ましやかな生活。それでも精一杯、毎日を大切に過ごす。

そんな生活が二年ほど続き、孫がこちらの大学に進学することが決まり同居の話が出た矢先に、今度はおばあさんが倒れた。……心不全だった。

それが近所に住む人々の知る老夫婦の最後である。

春になり、引っ越してきたのは老夫婦の孫娘だ。

「祖父母が生前、大変お世話になりました。今度こちらに住むことになりました、柊木すみかと申します。どうぞよろしくお願いします」

一軒、一軒、丁寧に挨拶に回る姿が初々しい。

孫娘は、会えば必ず挨拶をする。

大学生だというのに、町内会の集まりなどにはできるだけ参加する。そんな若い女性は珍しいので町内でも自然と話題になり、近所中のみんなが孫娘とおばあさんの姿を重ねては可愛がった。

そして最近は、よく訪ねてくる孫娘と同年代の青年にも近所の注目が寄せられていた。青年は孫娘を手伝って、町内会の力仕事やゴミ拾いに参加する。なにより人懐っこく、屈託のない笑顔がいい。

近所の者はみな言うのだ。「あの一軒家は笑顔を呼ぶ家だ」と。

孫娘は今日も幸せそうに挨拶をする。

訪ねてくる青年も笑顔で、二人の姿がとても微笑ましく見えるのだ。

あの一軒家の周りだけ、時間がゆっくり流れているようだと、みなが言う。

それを知らぬは、家の住人だけ。

一年目　春

一、おばあちゃんのレシピノート

その日はおばあちゃんが亡くなった日と同じ雨模様だった。しとしと降る雨が空気を冷やし、部屋の温度も下がって肌寒い。

大学への進学が決まり、私がおばあちゃんの家に移り住もうとしていた矢先におばあちゃんが亡くなった。

春からの同居を楽しみにしていた私は、とても悲しくて苦しかった。その気持ちを整理できぬまま、慌（あわ）ただしさが落ち着き始めた頃に大学生になった。

かくして、おばあちゃんの家で、私のひとり暮らしが始まった。

柊木は母方の姓である。父は婿であり、家を継いだのは、二人姉妹の妹である母だった。

古くなってくすんだ「柊木」という表札に自分の名前を書き込んだ時、線で消されたおじいちゃんとおばあちゃんの名前を見て、一層ひとり暮らしを寂しく思った。

家はおばあちゃんの手で綺麗に整理されてはいたが、もう使わないであろう荷物が残されていて、引っ越してすぐに遺品の片付けを母から頼まれることになった。

実家からは新幹線で二時間半の距離。年の離れた小学五年生の弟がいることもあって、母はなかなかこちらへ通うことも難しい。

現在、この家の住人となった私が片付けを引き受けるのは必然だった。

家電や家具、食器類は私がそのまま使うことにしたので、あとは衣類の処分くらいでそれほど手間はかからなかった。

あらかた片付いて、残すはおばあちゃんの部屋だけになり、それまでと同様に遺品を整理していた私は、地袋の中から飾り気のない文箱のような桐の箱を見つけた。

その桐箱は他の荷物とは違ってホコリ一つなく、綺麗で丁寧に使い込まれている感じがした。

箱の中身に興味を覚え、それをおばあちゃんが愛用していた文机の上で開くと、中には何冊もの大学ノートが入っていた。

古ぼけて表紙の色が薄くなっているものもある。

「わあ、ずいぶん年季の入ったノート」

そっと手にとってページをめくる。

「なにこれ。凄い……」

ページいっぱいにびっしりと書かれているおばあちゃんの文字は、その性格をよく表していて、きっちりとした文字の並びに背筋が伸びる。

そのノートに書かれていたもの、それは料理の調理法つまりレシピだった。

そこには調理方法だけでなく、旬の野菜だとか、保存方法や野菜の皮の剥き方までが事細かに書き込まれていた。ページを読み進めると拙いがイラストなども描かれていて、市販の料理本に負けない……いや、それ以上の情報の宝庫だった。

「おばあちゃん、料理上手なのは知ってたけど、こんな風にレシピを残していただなんて……」

とにかく、ノートに載っているレシピの多彩さに驚く。和洋中、様々なレシピが調理のポイントと共に書き込まれていて、味の感想までもがそこにはあった。

おばあちゃんの知恵袋ならぬ味袋。ちょっとした財産に私は目を奪われてノートをめくり続けた。そして、そこに残るおばあちゃんの娘、つまり私にとっての母の好き嫌いの記述にくすりと笑ってしまう。

「お母さんってトマト嫌いだったんだ」

何冊目かのノートを手に取った時だった。ひらり、と一枚の紙が舞い落ちてきた。その紙には、おばあちゃんの几帳面な文字で『受け継ぐものに贈ります』とあった。おばあちゃんは、このレシピをいつの日にか母や伯母に託すつもりでいたのだろう。

「私が先に見ちゃってよかったのかな？」

ふと、そんなことを思ったが、私の母も伯母も料理にはあまり熱心ではない。仕事や育児、他の家事に忙しく、料理にはそんなに気を配っていなかったことを思い出す。私は中学までは給食だったし、高校では学食派であった。家でも出来合いのお惣菜が並ぶことが多かったし、そんな中で育った私には母の手料理よりもコンビニ弁当のほうが身近であったように思う。手作りの代名詞である「お袋の味」は、私にとって未知の領域だ。

「あ。これ、食べたことある」

偶然開いたページにあったのは、ちらし寿司だった。

私がまだ小学生の頃、桃の節句におばあちゃんが作ってくれた記憶がある。

お店で買ってきた華やかなそれとはまったく違う、伝統的なちらし寿司がとても美味しくて、何度もおかわりをしたのを覚えている。

ふと思い出した記憶が懐かしく、鼻の奥がツンとした。おばあちゃんの死はまだ私の中では一つも割り切れていない、と改めて感じる。

私はノートを桐箱へ戻すと、泣きそうな顔のまま片付け作業に戻った。

処分するものを外へ出して、ガランとしたおばあちゃんの部屋だった場所を見渡す。

綺麗好きだったおばあちゃんの荷物は本当に少なくて、片付けも今日で終わりだろう。

私は桐箱をそっと持ち上げて部屋を後にした。

自室にしている部屋に戻り机に桐箱を乗せ、ベッドに寝転がって電話をかけると、今日は数コールで相手は出てくれた。

「あ、お母さん？ 私。おばあちゃんの荷物の整理終わったよ」

『早かったわね。ありがとう』

「うん。もともとそんなに物はなかったし、家電とかそのまま使えるから」

『そうね』

「でね、地袋から桐箱が出てきたんだよ。その中にたくさんノートが入ってて、全部料理のレシピみたい。どうする？」

『え、今さらレシピなんて、お母さんは別に必要ないわよ』

「……じゃあ、私がもらっていいかなぁ」

『いいんじゃない？　もう改めて教わりたい料理もないし。それより、料理を覚えたほうがいいのはあなたなんじゃない？』

お母さんがそれを言うか、と思ったがその言葉は呑み込んで、礼を言う。

『あ、すみか。私達来週辺り、そっち行けそうだから』

「わかった。じゃあね」

通話を終え、ポンとスマホを布団に投げる。

母はノートにはやっぱり興味がなかったか。私にはこれがどんな財産よりも価値があるように思ったのだけれど。

少し残念に思いながら、机の上の桐箱(きりばこ)を見たのだった。

二、ちらし寿司と団欒(だんらん)

翌週の土曜日、私は台所に立っていた。

キッチンとは呼びづらい昔ながらの台所。不思議と落ち着くその空間で、私はおばあちゃんのノートを何度も確認しながら気合いを入れていた。

昼前には家族が来る。それまでに作れるだろうか？　と、不安になるが、すでに材料は用意してしまったのだから作るしかない。

昨日の朝に思い立ち、大学の帰りにノートにあった必要な材料を一通り買い込んできたものの、いざ作るとなると覚悟が必要だった。

本格的な料理なんて初めてのことで、ドキドキと鳴る胸の鼓動(こどう)が邪魔をする。

作ろうと思ったのは――ちらし寿司、である。

なにを思ったかぶっつけ本番。すし酢でさえ、市販のものではなく一から作ろうというのだから、自分でもおかしいったらない。

「まずは、お米よね？」

おばあちゃんのレシピノートを頼りに調理開始だ。といっても実際には……不安しかないのだが。

お米を研いだら、ザルに上げて水気を切る。

その間に、にんじん、れんこん、たけのこ、水で戻した干し椎茸を切る。

レシピノートにはれんこんは花形に飾り切りし、アク抜きのためにすぐに水にさらすとあったが、私には花形にする技術はないのでそのまま輪切りにして水にさらした。

椎茸は薄切りにして、戻した汁は使うので取っておく。

にんじんは拍子切りと、飾り付け用に花の形に型抜きしたものをいくつか用意した。

たけのこは上半分を薄切りにして、太さのある下半分を拍子切りにする。案の定、厚さが不揃いになってしまった。

炊飯器に研いだ米と一緒に切った具材を入れる。本来ならば具材は別々に煮て最後にすし飯に混ぜるらしいのだが、レシピノートには簡単な作り方も一緒に書いてあったので、初心者の私はそちらを選んだ。目盛りより少なめの水と、味付けに醤油、酒、みりん、干し椎茸の戻し汁を入れて炊飯器のスイッチを押す。

つぎは錦糸卵。塩と砂糖で味をつけた溶き卵を目の細かいザルで漉す。これは白身が残って錦糸卵に白い部分が出ないようにするために行うらしい。

少し多めに油をひいたフライパンを強火で熱し、十分に熱くなったら、それを濡れた布巾の上に置いて温度を均一にする。それからコンロに戻して、余分な油をキッチンペーパーで拭き取り、溶き卵を入れて弱火でフライパンを揺すりながら、均等な厚さになるように薄焼き卵を作る。

ジュワァッ、となるくらいの火加減というのは難しく、厚みにムラができてしまったがそれは初心者ゆえのご愛嬌だろう。これを細切りにして錦糸卵は完成……だが初めてのせいか、やはり細さもバラバラになってしまった。薄焼き卵ぐらい、簡単に作れると思っていたが加減は難しい。

「わりと難易度高い……」

そう言いながら次に取り掛かる。次は飾り付けに使う具材だ。

にんじんとれんこん、それに海老。先に塩を加えたお湯で野菜をさっと茹で、すくい取ってボウルに張った冷水で冷ます。茹でたお湯は捨てずに酒を少し加えて、今度は海老に火を通す。そして海老は熱いまま寿司酢に漬け込む。

四苦八苦しながら、作業を続けた。寿司酢もレシピノートにあった通りに、米酢、砂糖に塩を混ぜて作ってみた。

　しばらくして具材入りの米が炊けたら、寿司桶に移して、海老を取り出した寿司酢を全体に回し入れる。

　酢飯の基本として、寿司酢はご飯の一割の量で計算するらしい。ご飯を増量しても、ご飯の重さ割る十で寿司酢の量がちょうどよくなるそうだ。

　寿司酢を回し入れたあとは、ご飯をしゃもじで縦に切るように手早く混ぜる。初めはシャバシャバしたしゃもじの軽い手応えが、そのうちに重い感触に変わったら混ぜるのをやめて、うちわで扇ぎながら冷ます。

　ここで混ぜすぎてしまうと、ご飯が潰れてて水っぽくなってしまうらしい。冷ましながら時々ひっくり返して一気に冷ますと寿司飯にツヤが出るそうだ。

「わぁ、本当にツヤツヤ！」

仕上がったご飯を大皿に盛り付けて海苔（のり）を散らし、錦糸（きんし）卵と海老（えび）、いくらやサーモン、桜でんぶを載せ、飾り用のにんじんとれんこんを散らす。

「あっ、三つ葉を忘れてた」

最後に彩（いろど）りとして、三つ葉を載せたらこれで完成だ。

おばあちゃんのレシピノート通りの作り方。これで合っているはず。れんこんを花形に切るのは省いてしまったが、調味料の分量もノート通りの量で作った。初めてにしてはなかなかの出来映（できば）えだと自分では思う。今日はしなかったがキヌサヤを散りばめてもアクセントになるらしい。おばあちゃんの文字を追いながら、一通りの作業を終えてホッと胸をなで下ろした。

そうこうしているうちに、時刻は十一時半を回り、約束の時間になって玄関のチャイムが鳴る。

「わ、ギリギリだった。セーフ」

私はエプロンを外（はず）して、初めての「来客」を迎えるために玄関に向かった。

「すみか、久しぶりだな」

「お父さん、いらっしゃい」

少し疲れた表情の父は、荷物を降ろして肩を回した。

「おねぇちゃん久しぶりー！　なんかいい匂いするー！」

弟が鼻をくんくんさせて、辺りを見まわす。

「徹もいらっしゃい。お腹すいたでしょ？　一応、昼ご飯とか用意したんだけど食べる？」

「食べる！」

弟は元気よく靴を脱ぎ捨てて、家に上がると一目散に居間に駆け込んだ。

「こら、徹！　走らない！」

母が最後に入って来て、私に土産だと実家の近所にある洋菓子店の焼き菓子を手渡してくれる。

それはなにげない行為だったが、自分が多少は「自立」したと周囲に認められたことを実感させるもので、少し寂しくなってしまった。けれど、そんなそぶりは見せないように笑って焼き菓子を受け取った。

「お母さん。すみかがお昼を用意してくれたらしいぞ」

「へえ、あなた自炊してるのね」

「できる時だけだよ」

両親と弟は、居間を通って隣の部屋にある仏壇の前に座り、線香を立てて手を合わせた。

その間に居間の座卓に取り皿を並べていると、いち早く弟がそばに寄ってくる。

「この匂いってお寿司？」

「ちらし寿司だよ。ちょっとだけ待って」

大皿に盛ったちらし寿司を、座卓に運んで真ん中に置くと、居間中に甘酸っぱい香りが広がって、弟のお腹をグウと鳴らす。

「お、凄いじゃないか」

「すみか、意外と料理上手じゃない」

「初めて作ったから、自信はないんだけどね」

「おねぇちゃん、僕、海老が食べたい！」

皿に取り分けて並べ、全員で手を合わせて、いただきます、と声を揃えた。

家族で囲む食卓にドクンと胸が高鳴るのは、久しぶりだからという理由だけではない。自分が一から作った手料理を、初めて家族に振る舞うことへの不安があった。

「ど、どうかな……」

「美味しい！」

弟の笑顔にホッとする。父も頷きながら食べてくれていた。

自分でも一口頬張ると、甘い中に酢の芯の通った香りがした。弾力のある米に染み込んだ寿司酢と野菜の旨味のハーモニー。そしてシャキシャキとほどよい野菜の口当たり。サーモンといくらの食感のバランスが良く、そして桜でんぶの色合いが綺麗で、とても優しい味だった。

そしてなんといっても懐かしかったのだ。ああ、これは……

「あら、これってまるで母さんの味だわ」

母はすぐにそれに気がついたようだ。

そう、これは、子供の頃に食べたおばあちゃんのちらし寿司の味をしっかりと再現できていた。

「この前ノートを見つけたって言ってたでしょ？　それに載ってたから作ってみたの」

「そういえばそんなことを言ってたわね。確かに懐かしい味だわぁ。寿司酢も母さんの味そのまま」

しみじみと味わって母は嬉しそうだ。父も黙々と箸を進めている。弟は一皿目をとうに食べ終えて元気よくおかわり、と皿を出してきた。

みんなでおばあちゃんの思い出話をしながら、ちらし寿司を食べる。

「お茶淹れるわね」

母が台所にお湯を取りに行ったので、弟に三杯目を渡し、私もまた二杯目を食べながらその味を噛み締めた。

「すみか、寿司桶まで用意したの？」

「うん。片付けてたら出てきてね。台所の道具類って買ったら高いし、捨てるのはもったいないなって思ったからほとんど残しておいたの」

「本当懐かしいわ……子供の頃はねぇ、お祝いって言うと母さんがちらし寿司を作ってくれたのよ」

「そうなんだ。私は桃の節句の時に食べたのを覚えてるけど」

その時は蛤のお吸い物や手作りの雛あられなんかもあった気がする。おばあちゃんはニコニコと笑っていて、とても楽しい思い出だ。

それは家族で食事をしていて温かい雰囲気を感じるからだろう。私の作ったちらし寿司もそういう雰囲気を作れたような気がして、気恥ずかしさも感じるが心地よい。

今日は用意できなかったけれど、いつかお吸い物や雛あられも作ってみたいと思う。子供の頃のように、これからもみんなで笑い合いながら食事を楽しめたらどんなに素晴らしいだろう。また家族に……、誰かに料理を振る舞いたいと思った。

「おばあちゃんの桐箱のノート、やっぱり全部レシピだったの。とっても解りやすくて、どのレシピも私でも作れそうだったよ」

「母さん、きっちりとしてたものねぇ」

私は似なかったけれど、と母は笑った。

「すみかのほうが、私よりおばあちゃんに似ているところがあるからね」

「昔からよく言われるけど、どんなところが似ているのか自分ではわからないんだよね」

「そうねぇ、正直なところが特に似てるわよ。あと、のんびり屋なところも」

「確かにおばあちゃんはちょっとのんびりしてたけど、私も？」

正直なところが似ていると言われるのは嬉しいけれど、自分がのんびりしていると思われていたなんて。どうせならきっちりしているところが似てると言われたかった。

「とにかく、おばあちゃんからいい物をもらったじゃないか」

父はそう言ってお茶をすすり、それから、ちらし寿司のおかわりをした。父がおかわりをするのは珍しい。

「うん、うまい。な、徹」

「うん！　美味しい！」

「ほ、褒めすぎだよ。初めて作ったからビギナーズラックだよ」

そう言って、赤くなる頬を隠すのに下を向いた。心臓がバクバクする。これは嬉しさゆえの鼓動だ。それに、自分がおばあちゃんに似ていると言われる理由を知って、ふわっと心が躍った気がした。

おばあちゃんのレシピに挑戦してみて、自分で作った手料理で人をもてなすことがこんなにも緊張し、気を遣い、そして嬉しくもなることを初めて知った。

この気持ちはきっとずっと忘れない。そう思うとさらに胸が高鳴った。

「もっと、上手くなりたいな……」

手元のちらし寿司を見つめながら、私は小さくそう呟いた。

「あっ、忘れてた！」

私は慌てて取り皿に少しちらし寿司を取り分けて、仏壇のおばあちゃんにお供えして手を合わせた。

ふと心に思い描くのはちょっと先の未来。私が大切な人達に料理を振る舞う姿。

私は『受け継ぐもの』になれるのかな、おばあちゃん。

一年目　夏

一、ガンボスープと同期生

大学生活もだいぶ落ち着き、レシピノートを見ながら簡単そうなものを中心に、料理をするのがいつの間にか日常になっていた。

朝はトーストやシリアル、お昼は学食で済ませてしまうことがほとんどだけれども、夕飯はレポートや課題がなければなるべく家で作り、土日も予定がなければ自炊をしている。

今までチャーハンくらいしか作れなかったのに、いつの間にやら簡単な煮物だとか、汁物は作れるようになっていた。煮込み料理はわりと得意だと思う。

たくさんのレシピの中で初心者向けの物しかまだ試せてはいなかったが、どれも優しくて温かい人のぬくもりを感じさせてくれる。

これがよく言われる「お袋の味」というものなのかもしれない。私には「おばあちゃんの味」なのだけれど。

おばあちゃんのレシピノートはとてもわかりやすい。でも、たまにわからない単語が出てきたらネットを頼って調べ、付箋に書いてその箇所に貼り付けておいた。

こんなに綺麗にまとめてあるおばあちゃんのレシピノートに自分の筆跡を残すのはためらわれたし、なによりもこれは「おばあちゃんのレシピノート」なのだ。

私にとっては譲り受け継いだ財産で、心から大切にしたいと思っていた。

「大切にするね。おばあちゃん」

今日、作っているのはチキンと海老のガンボである。

　ガンボスープはアメリカ南部のメキシコ湾一帯（主にニューオーリンズの辺り）に根付いている家庭料理的スープで、よく使われている具材はオクラ、それにフィレパウダーという南米のスパイスが加えられるのが特徴だ。

　伝統的に、夏にはオクラを使う習慣がある。中でもガンボスープは魚介、鶏肉、豚肉、甲殻類（こうかくるい）などなど……、具材のバリエーションが豊富なのも特徴で、一皿でたくさんの具材を楽しめる満足度の高いものだ。

　一年を通じて食べられているが、体が温まるから出番が多いのは寒い時期だという。

　そんなガンボスープに挑戦しようと思ったのは、同期生である友人に、オクラを大量にもらったからである。

「柊木って料理する？」

「えっ、するけど……急になんで？」

「実家からさぁ、大量にオクラを送りつけられて。俺、困ってんだけど、みんなにオクラはいらないって言われちゃうんだよね」

　声を掛けてきた友人、彼の名前は伊織瑛太（いおりえいた）という。

人懐（ひとなつ）っこい性格で、男女問わず誰にでも平等に接してくれる裏表のない人だ。実家が兼業農家であるそうで、ちょくちょく旬の野菜や果物が送られてくるらしい。みんなにお裾分（すそわ）けしている姿をよく見かける。

「オクラかぁ。そんなに量を食べる物じゃないしね」

「そうなんだよ。料理する奴も少ないし、ホント困ってんだ。これなんだけどさ」

差し出された紙袋の中には立派なオクラがたくさん入っていて、夏野菜らしい濃密で青臭さく、でも甘い香りがした。

「全部、は無理だろうけど、いっぱい食べられる方法は知ってるよ」

「マジ？　教えて、って言っても俺も料理できねーけど」

「よかったら、私作ろうか？」

自分からそう言ってしまったのは、困り顔の伊織くんがどこか弟に似ていたからかもしれない。

「……じゃあ、家にお邪魔してもいいかな？」

「え、あ。うん。いいよ」

自宅に友人、しかも男性を招くのなんて初めてだった。

一瞬、戸惑ったものの、伊織くんの笑顔を見ていると断れなかった。

ガンボスープを知ったのは私もついこの前のことだ。いつものようにおばあちゃんのレシピノートを見ていると「おじいちゃんのリクエスト」という項目があった。

私の知っているおじいちゃんは、新しいものや珍しいものが好きな人だった。それは服装にも表れていて、いつも流行りの服を着ていたし、私よりも最新のスイーツや話題のお店に詳しかった。外国のこともよく知っていて、若い頃はアメリカを旅した経験があるらしい。

そんなおじいちゃんのリクエストは洋食が多かった。その中にこのガンボスープも入っていて、そのネーミングに興味を引かれてレシピに目を通してみたのだ。

「へー！　一軒家で一人暮らしってなんかすっげぇ」

「たまたまだよ。元はおばあちゃんの家なの」

伊織くんを居間に通してお茶を出す。

「俺、狭いワンルームだから羨ましいよ」

「私は防犯を考えると、そっちのほうが羨ましいかなー」

お茶を出した後、そんな話をしながら居間で向かい合ってオクラのガクとヘタを取った。

「柊木、手際いいね」

「そうかな？　でも手早くできるようになったの、最近なんだよ」

二人で作業をすると進みが早い。あっと言う間にオクラの下処理が終わる。

「俺も台所入っていい？」

「いいよ。古い台所だけど」

「味があっていいじゃん！」

誰かと一緒に台所に立つというのは不思議な感覚だった。しかも相手は男性で、意識しないといえば嘘になる。

「じゃ、始めようか」

「おねがいしゃーす！」

まず、材料は鶏もも肉と海老、ホールトマト、それにオクラ。玉ねぎにセロリ、ニンニク、水にピーナッツバター。ピーナッツバターは、できれば無塩の方がいいらしい。味の決め手のカイエンヌペッパーにオリーブオイル、あとは塩胡椒。

「カイエンヌペッパーって?」

「んーと、一味唐辛子と似たようなものだよ。あ、辛いのダメだった?」

「いや、好きなほう」

「よかった」

伝統的な家庭料理と言われるだけあって、ガンボスープの作り方はいたってシンプルだ。

鶏もも肉は一口大に切る。海老は殻をむき、背ワタを取っておく。むき海老ならそのまま使って大丈夫だ。玉ねぎ、セロリは一センチ角に。オクラは五ミリ幅の輪切りにしておく。

オリーブオイルを引いた鍋を火にかけ、海老、鶏もも肉を炒める。いい具合に焼き目がついたら、火が通りすぎないように海老だけを取り出し、玉ねぎ、セロリ、ニンニクを入れ、カイエンヌペッパーを加え炒める。

野菜がしんなりするとカイエンヌペッパーの香りが立ってくるので、粗く刻んだホールトマト、水、ピーナッツバターを加え煮込む。

煮込んでいる間の話題はもっぱら大学の噂話だった。教授の奥さんが美人だとか、あの准教授の二年次の授業はハードらしいとか。たわいもない話でおおいに盛り上がる。

思えばこんな風に異性と話に花を咲かせることなんて、高校時代までの私には考えられなかった。どちらかというと引っこみ思案で、男性と二人きりになることさえ初めてなのに、不思議と伊織くんとは気が合うというか落ち着く。

伊織くんはお姉さんが二人いて、いつも邪険に扱われているらしい。弟使いが荒いとしょっちゅう文句を言う。私が歳の離れた弟の話をしたところ、料理上手な姉っていいよなぁ、と伊織くんは笑った。そう言われると恥ずかしくなってしまうが、ちょっと嬉しかった。

「あ、そろそろかな」

「いい匂い」

十五分ほど煮込むとスープがとろっと煮詰まってくるので、焼き目をつけた海老、オクラを加え、それらに火が通るまで煮て、塩胡椒で味を調える。

オクラを他の具材を煮込んだ後に入れるのは、色や食感を残すためだ。オクラを柔らかく煮たい時、もっととろみをつけたい時は、他の野菜と一緒に最初から煮込むといいとレシピノートには書いてあった。

「よし、出来上がり！」

「おお！」

器によそって居間に運ぶ。ご飯もよそって二人で座卓(ざたく)に座ると、一気に部屋中がガンボスープの香りで満たされた。

けっこうスパイシー。でもカレーとはまた違った香りがする。

赤みの強い茶色いスープの中に浮かぶオクラの緑色が鮮やかで、見た目にもさわやか。他にも野菜がゴロゴロ入っているのが魅力的だ。

「あ、辛みが足りない時はこれを足してね」

「カイエンヌペッパーだっけ？」

とりあえず、最初はなにも入れずに一口。

トマトの酸味と野菜の甘みが口の中に広がる。辛みはその後からきた。オクラのトロミで中和されているのか、喉越しは悪くない。

トロミと辛みで体があったまり、汗がじんわりと額に浮かぶ。

試しにカイエンヌペッパーをちょっと足してまた一口。

ああ、これは食欲のない時にも食べられそうだ。暑くてバテ気味の時にはぴったりだと思った。

「これってご飯に合うなぁ。すごい進む」

「だねぇ。カレーのようにご飯にかけて食べるのもおすすめらしいよ」

伊織くんは、へぇ、と言いながらスープをすくってご飯の上にのせ、カイエンヌペッパーを振った。ご飯がスープを吸ってゆく。

「本当はお米もインディカ米とかがおすすめで、スープの中でバラバラにならないように粘りのあるものがいいらしいよ。塩水で炊いた白米かパーボイル米が向いているって書いてあった」

「パーボイル米って、なに？」

「南アジアでよく行われる加工法で作られたお米のこと。米を脱穀して、籾がついたまま蒸したり煮たりしてから精米したものなんだって。そうすると、栄養価も高くて長く保存できるらしいんだけど」

「ふうん。でも、普通のご飯でも十分イケるよな」

そう言いながら、伊織くんはおかわりをした。

二杯目もさらりと食べてしまうところにふと、男らしさを感じる。しかも私の料理を美味(おい)しそうに味わって、丁寧に食べてくれる姿がやけに眩(まぶ)しい。

伊織くんの一挙手一投足が印象的だと思った。幸せそうな笑顔が、私の料理によって引き出されているのかもしれないと思うと、胸がキュンとする。

「柊木？　どうかした？」

「えっと、初めて作ったけど成功だったなって思って」

私は鼓動(こどう)が速くなっているのを知られたくなくて、なんでもない風に装ったものの、不思議に思われてしまっただろうと思う。だって伊織くんが首を傾げてこっちを見つめているのだもの。きっと誤魔化(ごまか)しきれてはいないのだろう。

食後にお茶を出す。

伊織くんはいかにも「満足です！」といった感じで、その幸せそうな顔は、見ている私まで幸福感でいっぱいにする。

家族にちらし寿司を振るまった時も同じようにドキドキした。けれど今、それとはまったく違うように感じるのは、どうしてなのだろう。この気持ちは不快ではないどころか、とてもあたたかい。そして優しく、心地よいものだった。

こんな気持ちは初めて……。どうしちゃったんだ、私。

「柊木、ホントありがとうな！　美味(うま)かった！　残りのオクラももらってくれてありがとう」

「ううん、こちらこそ感謝だよ。オクラって買うとなると、わりと高いから嬉しい」

後片付けまでキッチリと伊織くんは手伝ってくれて、その後、遅くなるのは失礼だからと早々に帰っていった。

駅まで送ろうかと言ったけれど、丁寧にお断りされた。女の子が夜に出歩くのはよくないよ、と言われてしまい、玄関で大人しく伊織くんを見送るしかなかった。

「……伊織くんは、辛いのが好き、かぁ」

自室に戻って今日のことを考える。

初めて作ったガンボスープは大成功で、伊織くんに凄(すご)く喜んでもらえたことに大満足だ。

レシピノートを見返しながら、また伊織くんの笑顔を思い出す。

食事を心の底から美味(おい)しそうに食べる姿が印象的だった。伊織くんの食べ方や仕草が頭の中にしっかり残っていて、彼のことを思い浮かべるたびに鮮明にその姿が再生される。

そう言えば、伊織くんは相手の目をしっかり見て話す。

その瞳には彼の素直さがよく表れている。もしかして私は彼自身に強く惹(ひ)かれ始めているのだろうか。もっと彼のことが知りたい。でも、そんな風に考えるようになった理由が思い浮かばなかった。

私の中になんとも言えないモヤモヤとした感覚が広がってむずむずしてくる。

ああ、ダメ。今は考えがまとまらない！

すっかり頭の中が伊織くんのことでいっぱいになってしまった。

「本当、どうしちゃったの、私」

ピンク色の付箋(ふせん)に、伊織くんは辛いものが好き、と書いてガンボスープのレシピの余白に貼り付けた。

——この気持ちはなんだろう?

ねぇ、おばあちゃんだったらなんて言う?　おじいちゃんのことを初めて意識したのっていつだった？

仏壇(ぶつだん)に供(そな)えていたガンボスープを下げた時、ふとおばあちゃんが笑っているような気がした。

二、夏野菜と恋心

夏休みに入り、毎年更新される記録的な猛暑日を今日も更新した。一体どこまで暑くなるやら。

「打ち水の効果もナシ、と」

今朝はせめて玄関だけでもと思い、打ち水をしてみたが涼しさは感じられず無駄に終わった。

大学生になって初めての夏休み、実家に帰省することも考えてはいたのだが、友人達との約束や短期で始めたアルバイトなどが重なり、忙しくて時間が作れそうになくなった。

そして今年は祖母の初盆である。私が帰るより家族がこちらに来たほうが早いという話にまとまる。

「あまりに暑いせいで、ここのエアコンが輝いて見える！」

おばあちゃんの家にあったエアコンは古くて調子も悪かったため、これだけは父が入学祝いを兼ねて付け替えてくれていた。なので酷暑の続くこの季節にも、かろうじて耐えることができている。

私の部屋の日中の気温は、それほど上がりはしなかったが、西日に照らされるせいで夜になっても下がりにくい。おばあちゃんの部屋だったところもそうだ。

だから毎日、もっぱら居間とその隣の部屋で寝起きし、過ごす始末である。

日当たりのいいこぢんまりとした一軒家は冬はいいが夏場が辛い。こんな暑さを、おばあちゃんは一体どうやって凌いでいたのだろうかと不思議になった。

今日もだらーっとしていたせいで、昼を食べ損ねてしまった。朝もシリアルとアイスだけだったし、夏というものは本当に厄介だ。やる気を根こそぎ奪ってゆく。

そんな時だった。急にチャイムが鳴り、来客を告げる。慌てて起きて衣服の乱れを直し、なにか届く荷物とかあったかな？　と思いながら玄関へと急いだ。

「はい！　はーい!!」

二度目のチャイムに大きな声で応えて慌てて戸を開ける。

「どちら様です、か？　って、え？」

「柊木、久しぶり！」

「伊織くん!?」

突然の来客は伊織くんで、夏休みに入ってから顔を見るのは初めてだった。

オクラをもらって一緒にスープを作った時に、なんとなく連絡先を交換してからは、ちょくちょくメッセージのやりとりをし、たまに電話をするようになっていた。もっぱら話題は食べ物のことや課題のことばかりだったけれど、メッセージが来るたびに私は嬉しい気持ちになり、少し胸が熱くなったりドキドキしたりしていた。

——この気持ちはなんだろう？

自分をそんな気持ちにさせる相手が、こんがりと日焼けをして目の前に立っている。

「連絡なしに急に来てごめんな。ちょうど近くを通りかかって」

「もしかして、実家帰り？」

「そ。バスで帰省してて今、戻って来たんだ。そんでさ、これ。また大量にもらっちゃったからさ、お裾分け」

そう言って、伊織くんは肩からかけていた荷物を下ろすと、中からビニール袋に入った野菜を取り出した。

「これって……ミニトマト？」

「当たり！　で、こっちがピーマンとパプリカ、あとナスとキュウリとアスパラガス」

「こんなにいいの？」

「俺だけじゃ消費できないのにさ、親があれもこれもって持たせてくるもんだからさ。もらってくれるとありがたい」

「こんな新鮮な野菜を断る理由ないし！　嬉しい。ありがとう」

伊織くんは野菜を私に渡した後、満足そうにいつもの屈託のない笑顔を見せた。胸がギュッと鷲掴みされたようになって一瞬、目の前がチカチカした。

「あの、よかったら、ご飯食べていかない？」

「それが残念だけど、今日はバイトが入っててさ」

「じゃあ、今度お礼させて」

「バイトのシフト確認してから連絡するよ」

「うん。ありがと」

伊織くんはちょっと急ぐから、と家には上がらずに帰ってしまった。その背中を見送りながら、お茶くらい出せばよかったと私は後悔する。……待って、なんでこんなにがっかりしてるの？　どうしちゃったの、本当に。

伊織くんは友達だ。そう思う自分と、彼の笑顔や仕草に強く惹かれている自分が、心の中でせめぎあっている。これは、これは、これは。残像を打ち消そうとして、ふるふると首を振っても、なかなか伊織くんの笑顔が頭の中から消えてくれなかった。

夕飯は伊織くんからもらった野菜をふんだんに使って、いわしと夏野菜の南蛮漬けを作った。

「やっぱり、伊織くんに食べてほしかったな……」

そんなことを呟きながら料理を口にすると、その甘酸っぱさがやけに今の気持ちと重なって、いろいろな想いが頭の中をぐるぐると回っているかのようだった。

決して不快ではないその感じは、私を笑顔にする不思議な感覚だった。

「落ち着かないなぁ」

ギュッと心が掴まれて、ドキドキして、むずむずする。落ち着かないけれど嬉しい。

甘酸っぱい感覚が何度も私の中を巡って、どんどん大きく膨らんでゆく。

伊織くんのことを考えている時はふわふわと夢見心地なのに、急に恥ずかしくなって冷静に戻る。でも、心は嬉しくて弾んでいるから思わず笑顔になってしまう。

そういえば、おばあちゃんのレシピノートにあるレシピも私を笑顔にする。ひとつひとつが丁寧で繊細で優しい。このノートを見つけ、受け継ぎつつあることが本当に嬉しいし、私にも料理で人を笑顔にできるような気がしてくる。……伊織くんも、伊織くんの笑顔も彼の周りを明るくさせている素敵なものだ。

そう思うと頬が赤くなった。

やっぱり、これは、これは！

「あああっ！　どうしよう。とんでもないことに気がついちゃったよ！」

慌て過ぎて、意味もなく大きく音を立てて、立ちがってしまった。

そうだ、これは、この感情は「恋」だ。私はたぶん恋をしてしまったんだ。

恋に落ちることは、それに伴う不安や苦労に関係なく、人生で最も重大で、新鮮な体験の一つだと聞いたことがある。そんな恋に私が落ちるなんて。これから一体自分になにが起きるのか見当もつかない。もちろんそんな私だってこれと同じような気分を味わったことはある。でもそれは幼稚園の頃の初恋の話だ。

「ど、どどど、どうしよう……」

ますます赤くなる頬が熱い。日中の暑さにやられた時以上に熱を持った頬は、食後の烏龍茶（ウーロンチャ）くらいでは冷やせそうになかった。立ち上がったまま慌（あわ）てて飲み干したそれにむせながら、私は一層うろたえた。

一年目　秋

一、秋の夜長と約束

夏休みも終わり、酷暑（こくしょ）が嘘だったかのように過ごしやすくなった。特に夜はぐんと気温が下がって、一枚羽織（はお）るものが欲しくなる。

「もう秋だなぁ。今年も秋は短そうだけど」

明日までのレポートを仕上げながら、鈴虫の鳴き声に耳をすます。

秋の夜長、とはよくいったものだ。せっかくの長い夜を、有意義に過ごしたいと思うものの、単なる夜更かしになっていた。

最近の私はというと、伊織くんに対する自分の気持ちを自覚してから、どうも挙動不審になりがちだった。

伊織くんと話をしたいのに、その姿を見つけるといたたまれなくて視線をそらしてしまう。それでいて目では彼を追ってしまうし、せっかく向こうから話しかけてくれてもまごまごして上手に話せない。唯一メッセージのやりとりだけは他人の目がないせいか、素直にできていた。でも電話はダメだった……。ふと気づくと正座をしている上に、緊張しすぎて噛みまくってしまう。

夏野菜のお礼を口実にして、自分から誘えばいいのだけれども……それをなかなか言い出せずにいた。

悶々と考えているだけで、レポートはさっぱり進んでいない。これはダメだと気合いを入れ直し、さっさとレポートを終わらせて、せっかくの静かな夜になににも邪魔されず、集中して好きな本でも読もうと思った。お気に入りの銘柄の紅茶を用意して本の世界に浸る。今年の秋は少し背伸びして、大人っぽいことをしてみたかったので、ちょっと贅沢な時間を味わってみよう。

去年の秋は受験勉強の追い込みでゆっくりできなかった。今くらいはゆっくりしてもいいだろう。

「あー、月が膨らんでるなぁ」

明後日は十五夜で「月見」である。窓から見上げた空にはぷっくりとした丸い月が昇っていた。

「そうだ、お月見団子をつくろう」

レポートをなんとか書き上げ、ふと思いついた。

桐箱から、おばあちゃんのレシピノートを取り出して月見団子のレシピを探す。

確か子供の頃、一緒にお月見をした記憶があるから、絶対にお団子のレシピがあるはずだ。

「あった!」

目的のページを探し出して、必要な材料をメモする。上新粉に砂糖と塩。おばあちゃんのレシピは実にシンプルで無駄がない。

下ごしらえがないから、材料は十五夜の当日、大学の帰りに買ってきても大丈夫だろう。メモをお財布にしまいこんでから、台所で紅茶を入れて縁側に行き、読みかけの本を開いた。

翌日、友人に近くに花屋がないか聞いてみると、駅前の花屋さんは種類が豊富で値段もお手頃らしいということを教えてくれた。

あまりその辺りに行かない私は知らなかったのだが、季節の草花のアレンジメントなどが人気なのだそうだ。そこならば秋の七草を取り扱っているかと思い、大学帰りに寄ってみることにした。

「確か、この辺……」

駅前の花屋はこぢんまりとしていて、軒先にも色とりどりの花が咲き誇っていた。

「七草、七草」

欲しかったのは、萩に尾花、葛、撫子、女郎花、藤袴、桔梗だ。

「尾花」というのがどんな花かわからない。これは店員さんに聞こう。

「すみません！　秋の七草って置いてませんか？」

「はい！　こちらにありま……あれ？　柊木」

「あれ、伊織くん」

振り向いた店員さんは伊織くんだった。

「びっくりした。伊織くん、花屋さんでアルバイトしてたんだ」

「ここ、実は親戚の店でさ」

「そうなんだ。似合うね！　そのエプロン」

伊織くんは生成り（きなり）のパーカーにグリーンのエプロンをつけ、スニーカーを履いて秋桜（コスモス）を抱えていた。その姿があまりにも伊織くんに似合いすぎていて、優しい彼のイメージにぴったりだった。思わず顔が赤くなってしまう。それを誤魔化（ごまか）すため平静を装って微笑んだ。

「そうかな？　なんか恥（は）ずかしいな……あっ、ゴメン。なに探してるんだっけ？」

「えっと、秋の七草なんだけど。尾花（おばな）ってなにかわからなくて」

「ああ、尾花（おばな）はススキのことだよ」

「なんだぁ、ススキかぁ！」

「柊木って季節の花とか家に飾るの？」

「普段はお仏壇に飾るくらいだけどね。でも、明日ってお月見じゃない。だから鑑賞用に欲しくて」

「あ、じゃあ、このアレンジメントとかどう？　七種類全部入ってる」

「わっ、カワイイ」

勧められたのは、黄色いピンポンマムを満月に見立て、その周りを七草が囲んでいる、お月見のためにデザインされたフラワーアレンジメントだった。

「手入れも隙間から水をあげるだけだから簡単で日持ちもするんだ。しばらくは楽しめるからオススメ」

「かご入りだから、お月見が終わったらそのまま玄関とかに飾れるね」

「なぁ、もしかしてお月見って、団子作るの？」

「うん。せっかく月見ができる縁側もあるし、予報だと晴れるって言ってたから」

「へぇ……いいなぁ」

伊織くんは少し考えてから、私に唐突なお願いをしてきた。

「それ、俺もお邪魔しちゃダメ？」

「……え？　ダメじゃないけど」

「じゃ、コレ俺からの手土産ってことで」

「えっ、ちゃんと買うよ！」

「でも、手土産ってなにも思いつかないし。これで前払い！」

伊織くんは、秋の七草のアレンジメントを丁寧に手提げ袋に入れる。

「ダメだよ！　まだこの間の野菜のお礼もしてないし！　売り物でしょ？」

「柊木にもらってほしいんだ」

結局私はそれを受け取りながら、伊織くんの目を見ると、瞳が真剣で逸らせなかった。ドキンと胸が鳴る。

「ありがとう……じゃあ！　じゃあ、お礼にお夕飯も食べて……くれないかな？」

「え？　いいの？　急に、なんか悪いな。でも、すげぇ楽しみ！」

屈託のない笑顔でそう言う伊織くんが眩しくて、頬が赤くなるのがわかる。

帰り道、よほど私は舞い上がっていたのだろう。浮足立ってふらふらと歩き電柱にぶつかりそうになった。

「で、でも！　さっき普通に話せてた！　大丈夫！」

ひとり言すら大声になってしまい、はっとして周りを見回したが、誰も気にしている様子はなくてホッとする。

伊織くんと二人でお月見。

急な話で本当にびっくりだけど、これは純粋に嬉しかった。だって気になっている──恋をしている相手に、お願いされたのだから、断れるわけがない。

「ああっ！　でも、だ、団子の他はなにを作ろう」

これは本格的におばあちゃんのレシピノートの出番だ！

急いで家に帰って、慌ててレシピノートを開き、団子に合うメニューを探す。冷蔵庫の中身を確認し、材料の用意を当日にしていたら間に合いそうにないと思い直して、メモを片手にスーパーに走ったのだった。

二、お月見と月灯り

お月見当日、私は大学から真っ直ぐ家に帰った。昨日、用意した材料で作るのは、悩みに悩んで決めたメニューの里芋のコロッケだ。

これは前に一度作ったことがあるので、勝手がわかる上にガツンとした食べ応えもあっていい。

流水で丁寧に米を研ぎながら、頭の中で段取りを考える。料理はたいてい、先にお米を炊くと効率よく進むことに最近になって気がついた。

芋は洗い、一個ずつラップをして耐熱容器に並べ、電子レンジで三分。裏返してさらに三分。竹串がすっと通るくらいまで加熱する。

ラップを外して冷ましたあと皮を剥き、すりこぎやフォークで潰す。フォークだとざっくりと潰せるので、食感を残したい時にはフォークを使ったほうがいい。

潰した里芋に醤油、桜海老、青ねぎのみじん切りを混ぜて、食べやすい大きさにまとめる。

小麦粉、卵、パン粉の順に衣をつけ、百八十度の油で三〜四分ほど揚げれば出来上がりだ。

それから味噌汁を作り、食事の準備は完了。

そして、これからが本番。お月見団子を作る。

上新粉三百グラムに対し、熱湯二百二十cc程度を加え、耳たぶ位のやわらかさになるまでよくこねる。

おばあちゃんのレシピによると、上新粉に砂糖をあらかじめ加えてこねるのだが、これはお好みで入れても入れなくてもいいと書いてあった。今回はそんなに甘さを出さないように大さじ一だけ加えた。

こねた後、十六等分ほどに分け、ひとつずつ丸める。

鍋に水をたっぷり入れ、沸騰させておき、そのお湯で三〜四分茹でる。茹ですぎると固くなるので、団子がぷかりと浮いてきたら順にすくい上げ、冷水に入れてよく冷やす。その後、団子を少し風に当てておくと、てりが出て見栄えよく仕上がる。

戸棚の奥にある飾り盆を取り出して綺麗に拭き、和紙を敷いた。その上に山になるように団子を綺麗に盛りつけてゆく。

「綺麗に盛れた……」

料理を作っている時から、ずっと胸がドキドキしっぱなしだった。

お月見団子を作り終えても、それは治まるどころかどんどん強くなる。

こんなにも待ち遠しいなんて。

月のよく見える縁側に台を出し、伊織くんにもらった秋の七草のアレンジメントとお月見団子を並べて準備を終える。ドキドキが加速して心臓が飛び出してしまいそうだ。

心のほうの準備が整わないまま、部屋の中をうろうろしていると玄関のチャイムが来客を知らせる。

「き、来ちゃった……頑張れ私！」

気合いを入れて玄関で伊織くんを迎えると、彼は満面の笑みで、おじゃまします、と家に上がった。

「ほんと、急にゴメンな」

「ううん、大丈夫。考えてみたら一人でお月見って寂しいだけだったよ！」

「じゃ、遠慮なく参加させてもらう」

伊織くんを居間に通して、開け放してある縁側に案内する。

「こんな感じに飾りました！」

「お！　本格的、里芋とサツマイモまである」

「子供の頃、そういえば飾ったなって思い出して」

「そうそう。うちは里芋をきぬかつぎにして飾ってて、つまみ食いして叱られたっけなー」

「きぬかつぎ、は食べたことないや」

「うち、祭りごとが大好きで、風習とかしきたりとか、わりと守る家でさ。だから柊木がお月見するって聞いて、便乗させてもらいたくなったんだ」

「なんか、伊織くんらしいなぁ……私は大歓迎だよ」

まずは夕飯をと、居間に戻り伊織くんを座らせて、台所から料理を運んだ。

里芋のコロッケ、ご飯、お味噌汁、それに加えてちょっとした酢の物を出した。これは落ち着かなさすぎて、もう一品作ってしまったやつだ。

「おー！　きつね色のコロッケ」

「どうぞ、召し上がれ」

二人で揃って、いただきます、と声に出す。まず同時に手を伸ばしたのはコロッケだった。

外側はカリッと香ばしく揚がっていて、中の里芋はホクホクと上品な粘りもあってたまらない。下味がついているのでそのままでも美味しいが、ゴマ入りの中濃ソースや七味唐辛子を少しかけると、より風味が引き立った。

「柊木、本当に料理上手いなぁ」

「いやいや、ぜんぜん！　私の料理って、おばあちゃんのレシピノートを見て作ってるものなの。おばあちゃんがね、とても料理上手でたくさんのレシピを残してくれてて。それを私が譲ってもらったわけ。まだまだ未熟」

「へぇ。そうだったんだ」

「夏にもらった野菜もね、おばあちゃんのレシピのおかげで全部美味しく食べちゃった」

伊織くんはそれを聞いて思い出したかのように呟く。

「なんで親って、食べきれない量の野菜とか持たせたがるんだろうな？」

「うーん？　心配だから？　でも、もらう側としてはダメにしちゃうともったいなくて、罪悪感持っちゃうよね」

「それな。わかる」

伊織くんと食べ物談義に花が咲く。夕食を食べ終わる頃には、二人とも笑いながらお互いの子供の頃の好き嫌いのことまでも話していて、以前の意識しすぎのぎこちなさが嘘のようになっていた。

「あ、お茶淹れるね。縁側でお団子食べようよ」

「ありがとう」

縁側に移動してお茶を出す。団子に合わせてほうじ茶にしてみた。ほうじ茶のいいところは苦みと渋みがないこと。まろやかな甘みもあって、私の作ったシンプルなお団子には最適だった。

湯呑みのほうじ茶に月を映り込ませてから一口飲み、その香ばしい香りに癒される。

「おー、ちゃんとした月見団子！」

伊織くんがそう言ったのは、まん丸には作っていないからだろう。まん丸にしてしまうと、亡くなった人の枕元に供える「枕団子」を連想させてしまうため、上から少し押して潰しておくのがいいらしいと知って、そうしてみたのだ。

やっぱり伊織くんは、そういう知識をちゃんと持っている人なんだ。

「一応、はちみつは用意してあるから甘さが足りなかったら言ってね」

「ん、うまい。ほのかに甘くて、すっげぇ好み」

「よかった」

私も、一つ口に入れる。

もっちり弾力のある食感、それでいて舌の上をつるりとすべり、とろけるような喉越しは大成功と言ってもいい。また一つ、また一つと食後であるにもかかわらず、二人であっという間に食べきってしまいそうだ。

「うちの婆ちゃんの団子もこんな感じでさ。ほのかに甘くて、懐かしい味がする」

月に負けないくらいの明るい笑顔で伊織くんは言った。

ああ、やっぱりこの笑顔だ。この笑顔が私は好きなんだ。改めて自覚してまた鼓動が速くなる。加速していく。

「あのさ……」

「な、なにっ？」

ドキドキしすぎて返事を噛んだ。恥ずかしくて思わず下を向くと、ほうじ茶にまあるい月が映り込んで揺らめいていた。

「ベタ、なんだけど……さ。月が」

「月が？」

顔を上げて伊織くんを見る。その顔は真剣で、視線はこちらに向かって真っ直ぐ伸びており、私はそれを受け取るしかなかった。

「月が綺麗だな、って……ずっと思ってて、その」

「……うん、とっても綺麗。きっと伊織くんと一緒に見る月だから、だと思う」

「本当？　俺と付き合ってくれる？」

「うん」

――文豪の夏目漱石が「I LOVE YOU」の和訳を「月が綺麗ですね」としたエピソードがある。遠まわしなその言い方は、面と向かって「好きだ」と言われるよりも、伊織くんの想いを深く表しているかのように感じた。

私も伊織くんへの返事に、一緒に月を眺められることが嬉しいから、より美しく輝いて見えるのだ、という意味を込めてみた。それはちゃんと届いたらしく、伊織くんの真剣な顔はふわりと崩れ、またあの屈託のない笑顔になり、心がとろけそうになる。

伊織くんは私の手を取って、手のひらにべっ甲でできているらしい小さなうさぎの付いた根付を載せた。

「これ、柊木に似合うと思って。本当はもっと早くに渡して、告白しようと思ってたんだけど……タイミングが掴めなくて遅れた」

「可愛い。ありがとう、凄く嬉しい！」

そのまま伊織くんは私の手を握りしめて、しばらくの間、二人とも無言で月を見上げていた。

夜風が頬を掠めていく。それがとても心地よく感じるのは、私の頬が熱くなっているせいだ。ちらりと横を見ると月を見上げる伊織くんは、頬だけじゃなくて耳も赤い。それを見て余計に跳ね上がる鼓動が、繋いだ手から伝わらないかと私はヒヤヒヤしてしまう。

「伊織くん、よかったら……来年も一緒にお月見してね」

「うん。そのつもり」

飾り気のない返事が嬉しくて、涙が出そうだ。

ふたたび見上げた月の灯りはとても優しくて、今日の満月はまるでおばあちゃんが笑っているかのように見える。

私は嬉しいような、恥ずかしいような気持ちでいっぱいになってしまったのだった。

三、風邪とお見舞い

金木犀がその甘い香りを庭いっぱいに広げる季節になった。それはのどかな風に乗って居間のほうまで漂ってくる。

「秋も本格的になったなぁ」

夜は冷え込んで羽織るものがないとつらい。私は厚手のカーディガンをカバンに入れて家を出る。

大学生になって初めての学園祭が近づいていて、最近は帰りが遅くなることが増えた。

でも、暗い夜道を一人で帰ることはほとんどない。アルバイトのない日は伊織くんが家まで送ってくれて、夕飯を一緒に食べることが多くなり、恥ずかしくも幸せな日々が続いていた。

私に彼氏、なんて考えたことなかったけど……伊織くんと付き合うようになって半月ちょっと。のんびりとした関係が続いてはいたが、友人関係とは明らかに違う変化を嬉しく思っていた。

二人でいる時はどちらからともなく自然に手を繋ぐようになった。早鐘を打つ心臓は相変わらずドキドキしっぱなしだったが、距離感が近づくほどに柔らかい鼓動に変わってゆくのを感じている。

毎日会っていても飽きない。どんどん惹かれて好きになる。私はそんな恋の真っ只中にいた。

「おはよう。麻子。今日はなにか講義の変更あった?」

「すみか。おはよー。変更なーし!」

大学についてすぐ見知った背中を見つけた。その友人・野木麻子に声をかけ、掲示板を見ていた彼女に今日の予定を聞く。

麻子とは大学に入ってから知り合ったが、なんとなく気が合ってよく一緒にいるようになった。引っ込み思案な私に対して活発な麻子。服の趣味や思考などが真逆なのに、なぜか馬が合うのだ。

今の時期、大学では講義の合間にも着々と学園祭の準備が続いていた。一年生はゼミに属していないので、基本は仲のいい先輩や部活の手伝いが主だった。

「そういえばさ、すみかは先輩に勧誘されてなかったっけ？」

「ボート部の人にね。マネージャーのお誘い受けたけど断ったよ」

「そっかー、だよねぇ。彼氏くんが黙ってないよねぇ」

「ちが、くは……ないけど」

「で？　彼氏くんは？　今日休み？」

「あ。連絡返すの忘れてた」

歩いている最中にスマホが鳴っていたのだが、返信をまだしていなかったことを思い出して慌てて画面を開く。

「んー……」

「どしたの？　伊織くん、なんかあった？」

「うん。風邪ひいたっぽくて、寝てるって」

「最近の気温差激しいからねぇ。お大事にって私の分も送っておいて」

簡単な返信に麻子の言葉を添えて送ると、スタンプがすぐに送られてきた。伊織くんらしいスタンプのチョイスに顔が緩む。

それを麻子にニヤニヤしながら見られているのに気づき、私は咳払いをしてごまかした。

「今日は二限までしか講義ないけど、どうするのかなー、すみかぁ」

「はいはい、どうせお見舞いに行きますよ‼　人のことはいいから！」

「あー、開き直ってる！」

もう、どうしろと言うのか。麻子はいつもこうやって事あるごとに私をからかう。

それでも彼女は憎めない友人なのだ。

「はーい、これ。お見舞いにあると喜ばれるリスト的な」

「わ、ありがとう。麻子」

麻子はメモ帳を取り出して、さらさらと商品名を書きだして私にくれた。彼女のこういうところが私は好きだ。スッとうまく助け舟を出してくれる。

「私も愁くんに会いに行こ」

「また研究室に篭りっきりなんだ？」

「そ。カワイイ彼女より、ＰＣモニターに夢中なのよ、あの男は」

麻子の彼氏の愁さんはなにかにいつも没頭している人だ。麻子のことをほったらかしにしているのは想像に難くない。でもそんな彼が麻子は好きなくせに、と微笑ましく思ったのは内緒だ。麻子はからかうのは好きなのに、からかわれるのは苦手なので、怒りだしてしまうから。

伊織くんが寝ているかもしれないので、電話ではなくメッセージで彼に部屋を訪ねることを伝える。

「ドラッグストアに寄って必要そうなものを買って……あ、返事だ」

メッセージの返事で、来てくれるだけで嬉しいとあった。

「これは、だいぶ弱ってるなぁ」

そこそこ元気な伊織くんなら「うつすから」とか言って断ってくる。向こうから「会いたい」と言ってくるのは重症である証拠なのだ。

麻子にもらった、あると便利だという品のリストを頼りに急ぎ足で買い物をして、向かったのは伊織くんの住むアパート。

普段は私の家に来てくれることが多いので、なんだか緊張する。

スーッと息を吸って一回深呼吸して、インターフォンを押した。

「ふぁい？　……柊木？」

「うん。来たよー」

「今開ける」

上下スウェットでのっそりと出てきた伊織くんは、ぐしゃぐしゃの頭で顔を真っ赤にしていた。

「伊織くん、熱は？」

「んー、八度ちょいあったけど下がってきたところ」

「なにか食べた？」

「レトルトのお粥は半分食べた。けどお腹空いた……」

部屋にお邪魔して、買ってきたお見舞いを渡すとその中から飲むゼリーを選び、あっという間にすすって薬を飲んだ。

「ほら、ちゃんと寝てなきゃ」

「んー、でもお茶くらいは出さないと」

「ダメ。今日は遊びに来たんじゃなくて、看病に来たの」

「わりぃ……」

伊織くんはベッドに横になると、すぐに寝息をたて始める。この時期の風邪は長引くと厄介だ。ゆっくり休んで早めに治してしまうのが一番いい。

伊織くんが休んでいる間にキッチンに重なっていた食器を洗い、冷蔵庫に買ってきたゼリーやドリンク類をしまった。それから散らばっている衣服を集めて洗濯機を回す。音がうるさいかと思ったが、ぐっすり寝入っている伊織くんはちょっとの音では起きなさそうだったので、簡単な片付けなら大丈夫だろうと、なるべく静かに動き回った。

天気がよかったので、洗濯物は今からでもすぐに乾きそうだった。風を通した洗濯物のほうが気持ちがいいので急いで干してしまおう。

「さてと、こんなものかな」

寒くないように、伊織くんにはこんもりと布団をかぶせて部屋の空気を入れ替える。床に拭き取りシートをかけてほこりを取れば、片付けも完了だ。音を極力立てずにする作業はかなり神経を使うものだと思った。スリルを感じて楽しかったなんて言ったら、笑われそうなので黙っておこう。

「あ、レトルトのお粥は残したって言ってたよね」

レトルトのお粥はクセがあるものが多い。長期保存を重視しているものもあるので、好き嫌いは別れるところだろう。

さっき、冷蔵庫を覗いた時に生姜があったことを思い出して生米からのお粥を作ることにした。

静かな室内にコトコトとお粥を煮込む音が響く。その音に気がついたのか、伊織くんはぼんやりと目を覚ましてこちらを見た。

「いい匂い」

「あ、だいぶ顔色がよくなったね」

のそり、と起き出した伊織くんは部屋の様子を見て恥ずかしそうに言う。

「片付けしてくれたんだ。ありがとう」

「やっぱり風邪とかひくと部屋荒れちゃうよねぇ。もうすぐできるから、座ってて」

自分の家なのにソワソワして落ち着かない様子の伊織くんはおかしいと思いながら、

出来上がったお粥をテーブルに運ぶ。

鍋の蓋をあけると、ふわっと甘い白米の香りが広がって、伊織くんのお腹を鳴らした。

「食べられそうだね。よかった」

「お恥ずかしい」

お椀によそって生姜の千切りを添えて渡す。自分用にも少しよそった。

「あー、これ。これがお粥だよなぁ」

「レトルトは好き嫌いあるから、食べられなくてもしょうがないよ」

「全然違うよな。ホント、ありがとう」

改めてそう言われると照れくさい。

「ううん。それよりいろいろ勝手にしてごめんね」

「いや、すっごい助かった。洗濯までさせちゃって悪い」

でも嬉しい、と伊織くんはストレートに感謝をしてくれるので、今度はこちらが恥ずかしくなってしまった。

「急いで食べると胃に悪いよ」

「つい……」

お茶を飲みながら、のんびり過ごす時間は本当に幸せだ。

「柊木さ、今さらなんだけどさ」

「うん？　なに？」

伊織くんが姿勢を正して、いきなり真面目な顔になる。慌てて私も姿勢を正して向かい合うと、伊織くんの口から出たのは可愛らしい問いかけだった。

「あの、名前で呼んでいい？」

「えっ、いいよ。なんだぁ！　びっくりした」

あまりにも真剣な顔でそんなことを言うものだから、おかしくなって笑ってしまう。

「なんか、今さらで気恥ずかしくてだな！」

「いくらでも好きに呼んでくれていいのに」

「じゃあ、呼ぶから！　これから、すみか、って呼ぶから！」

「せ、宣言しなくてもいいよ！　ああ、くるしっ……、くっくくく」

「笑うなって！　俺は結構、悩んでたんだけど！」

「じゃあ、私も名前で呼ぶね。瑛太くんって」

「……ダメ！」

「ええ、なんで？」

「恥ずかしいからダメ！」

「えー！　なにそれぇ！　もう、本当おかしい!!」

耐え切れずに声を上げて笑う私と、ちょっとムッとした表情の伊織くん、もとい瑛太くん。二人はきっと対照的な表情になっているに違いなく、それがまた本当におかしかった。

「すみか、すみか、すみか、すみか！」

「あっ、ずるい。連呼されると恥ずかしい！」

そんなやりとりをしながら、二人で笑い合う。恋人と過ごす、こんな時間がこれほど楽しいだなんて知らなかった。

食べ終えた食器を片付け、洗濯物も取り込んで、そろそろお暇しようとすると瑛太くんは寂しそうな表情になった。

「具合悪いのに長々とお邪魔しちゃってごめんね」

「いや。本当に助かったよ」

「学祭時期で講義も進んでないし、ゆっくり休んでね」

「お恥ずかしい姿をお見せしまして」

「ううん、寝癖も寝顔も可愛かったよ」

瑛太くんの顔はもちろん、また耳まで赤くなっていた。

「からかわない！」

あ、かわいいのに。両手で顔を覆ってしまった。

なごむなぁ、と思いながらも、これ以上からかうのはやめておくことにする。

「風邪治ったら、一緒に学祭回ろうね」

「うん、約束する」

指切りをして、私は瑛太くんの家をあとにした。

夜になると日中とはうって変わって秋風が強くなって冷たい。厚手のカーディガンでも、もうつらいかも、と思いながら家路についた。

一年目　冬

一、大根とお裾分け

「すみかぁ……ヘルプ」

「え？　瑛太くん？」

玄関のチャイムが鳴って出てみると、そこには青々しい葉が生えていた。実際は生えていたわけではなく、それを抱えた瑛太くんが立っていたわけだが。

「また実家からなんだけど、これは……」

「すっごいね！　立派な大根‼」

瑛太くんが抱えていたのは大根で、みずみずしく立派な大きさのものがなんと五本も。

「ないわ。これは、ないわ‼」

「とりあえず、ここ置いていいよ」

玄関に横たえられた大根をまじまじと見る。

「重かったでしょ」

「俺が歩いてるのか、大根が歩いてるのか、わからなくなりそうだった」

はぁ、と瑛太くんは玄関に腰を下ろして脱力した。

「これでも二本は花屋の親戚にあげて、アパートの両隣に一本ずつ渡してさ、一本は野木ちゃんに押し付けて。やっと残り五本になったんだ」

「じゃあ、全部で十本⁉　そんなにもらったの⁉」

「豊作だったんだとさー……」

「お疲れ様……」

瑛太くんは困った顔を隠さずにため息をついた。確かにこんなに立派な大根を、十本ももらったら途方にくれる。

「そうだ、これうちのご近所さんにお裾分け(すそわ)していいかな？　昨日、柿をもらったから」

「あー！　それいい！　この五本をなんとかしてくれたら、めっちゃ助かる！　よろしく頼むよ！」

一緒に来て、と瑛太くんと共に大根を抱えてご近所さん宅を回る。みんな大きくて新鮮な大根に驚きながら、大変喜んでもらってくれて助かった。

特に喜んでくれたのは家の裏に住む斉藤さんだった。斉藤さん宅は釣り好きのおじさんと、手芸好きのおばさんの二人暮らしで、よく私に季節の果物をお裾分けしてくれるのだ。

「あらら！　立派な大根だねぇ」

「よかったらもらっていただけませんか？」

「喜んで。こりゃいいものもらったな。はりはり漬けでも作るかな。できたら持っていくから」

「おお！　一気に減ったー!!」

よし、とガッツポーズの瑛太くんは心底、嬉しそうだった。

家に戻って、お茶を飲みつつ大根を見る。残り二本。

「私も一本もらって、残り一本は瑛太くんのね」

「……甘いな、二本ともすみかのだぜ！　なんせ俺は料理をほぼしないから」

「なんとなくそんな気がしてた」

大根は日持ちするし、もらってもいいが二本は多い。

「うーん、おでんとか食べやすいけど大根だけではさみしいし、煮込む時間がねー」

「俺、すみかの作る料理ならなんでも食べれるんだけどなぁ。自分ではからっきしでごめんな」

自分の料理を褒められて、なんだか気恥ずかしくなる。

「な、急になにを！」

「うん？　だってすみかの作るものは本当に好き。美味しいってのもあるけど、みんな優しい味なのがいい。俺ね、すみかに胃袋を掴まれてるの、ちゃんと自覚してるから」

瑛太くんはにっこりと笑ってそう言った。

知らぬ間に私は彼の胃袋を掴んでいたらしい。それもこれも、おばあちゃんのレシピノートのおかげだ。

「そ、そうなんだ」

「うん」

　ストレートな言い方をする瑛太くんと目を合わせられない！　跳ね上がる心音を落ち着かせるために、私はレシピノートを開くことにした。

「ちょっとレシピノート取ってくるね」

「あ、俺も見てみたい。すみかのおばあちゃんのノート」

　自室から桐箱ごとレシピノートを持って戻る。座卓の上に広げると瑛太くんから感嘆の声が漏れた。

「うわぁ！　年季入ってる！　すごい冊数！」

「でしょ？　これ全部レシピなの」

　おばあちゃんのレシピノートを、家族以外の人に見せたのは初めてだった。

　瑛太くんは色褪せたノートを優しく手に取り、そっとページをめくる。そしてまた感嘆の声を漏らす。

「一生分のレシピがありそうだ」

「几帳面なおばあちゃんでね、ちょっとしたソースのレシピとか旬のオススメ食材とか、調理法以外のこともメモしてあるの」

　まさにこれは、おばあちゃんの一生分とも言えるレシピで私の大事な宝物だ。それを丁寧に扱ってくれる瑛太くんに安心する。やっぱり優しいのは瑛太くんだよ。と、思ったがそれは言葉にせずに呑み込んだ。

「あ、これ面白い」

「どれ?」

レシピを覗き込むと、大根を使ったレシピがあった。

「これ、一見そんなに時間かからなそうなやつだ。作ってみる?」

「いいの?」

「うん。これ、おじいちゃんも好きだったみたい」

「へえ。食べてみたい」

じゃあ決まり、と私はさっそく料理に取り掛かることにした。

「手伝うよ」

「あ、お米炊いてもらえると嬉しい」

「了解」

そうして、二人で早速台所に立って作業を始めたのだった。

二、寒ぶりのしゃぶしゃぶとクリスマスイブ

瑛太くんの実家から送られてきた大きな大根をもらってくれた裏の斉藤さんが、うちに釣り姿で回覧板を届けに来てくれたことがあった。

その日は、たまたま瑛太くんもうちに来ていて、二人の共通の趣味が釣りであったことから意気投合し、すっかり仲良しになってしまった。

そんな二人は今日、大物を狙いに海に行っている。

男のロマンとやらは私には理解できないが、ウキウキと楽しそうな瑛太くんにお弁当を持たせて、おばさんと一緒に夜中に送り出した。弾んだ様子の二人には、いつも優しげに笑っているおばさんも苦笑している。

「なにもこんな日に釣りなんてねぇ」

「クリスマスイブはかなり空いているらしいですよ」

「妻や彼女を放っておいて、男のロマンとかいうのは判(わか)らないわ」

「あははは」

そうやって送り出した日の夕刻に、二人はホクホク顔で帰ってきた。

「わぁすごいねぇ」

「俺の腕前、なかなかだろ?」

成果は上々といった感じで、クーラーボックスの中にあるのは見事なぶりだった。

「俺とおじさんで捌(さば)くから、鍋にしよう！　寒ぶりのしゃぶしゃぶ！」

「うん。じゃあ私は他の準備をするね」

瑛太くんはそう言ってお隣を訪ねて行った。

趣味は年齢や職業も超える、とはいうがそれは本当らしい。私は楽しそうな瑛太くんの姿を微笑ましく思った。

十二月から二月の冬に旬を迎える「寒ぶり」は、寒さから身を守るためなのか、たっぷりと脂がのっている。その脂を出汁(だし)にくぐらせてほどよく落とし、ポン酢などをつけてさっぱりと食べるのが「ぶりしゃぶ鍋」。ぶりがよく獲れる富山や金沢の郷土料理として有名だ。

おばあちゃんのレシピノートを開くと、「ぶりしゃぶ鍋」のレシピがあった。きっと斉藤さんからぶりをいただいて作ったことがあるに違いない。おすすめの出汁といろいろなつけだれのレシピが書かれていたが、今回はその中から二種類を選んで作ることにした。

出汁は、ぶりをしゃぶしゃぶするうちに旨みが溶け込んでいくので、昆布を入れるだけのシンプルなものでもいいけれど、魚の臭みが気になる場合は、酒やゆずの輪切りなどを入れるとにおい消しになる。

まず、出汁を準備する。鍋にたっぷりの水を入れ、十センチくらいの昆布に酒一カップくらいを加えて中火にかける。沸騰したら弱火にして完成である。

具材がぶりだけだとシンプルすぎて寂しいので、水菜、豆腐、椎茸など鍋に合いそうな野菜などを食べやすい大きさに切って用意しておき、火が通りにくいものはあらかじめ鍋の中に。水菜などすぐに火が通るものは、ぶりの合間にしゃぶしゃぶして一緒に食べると美味しい。

おばあちゃんのレシピノートから選んだつけだれは二種類。

一つはゆず胡椒だれ。水、みりん、醤油、ゆず胡椒を混ぜ合わせたピリ辛風味。

もっとさっぱりさせるために、大根おろしも入れてみた。二つ目は辛いものが好きな瑛太くんのために辛口だれにした。酒を電子レンジで一分ほど加熱してアルコールを飛ばし、水と甜麺醤、豆板醤を多めに入れてごま油を少々垂らす。これだけだと辛みだけが目立つかなと思ったので、砂糖をひとつまみ入れた。

「これで、準備よし」

だいたい揃ったところで、瑛太くんがまたもやホクホク顔で戻ってきた。

「出汁の準備できたよ」

「こっちもオーケー」

瑛太くんが手にしているのは、三枚に下ろしたぶり。さっき獲れたばかりというだけあって、美味しそうな脂でてらてらと光っている。

「ほら、すごい美味しそうでしょ？　さっきちょっとつまみ食いしちゃったんだけどこんなに新鮮なぶりは塩を振るだけでも十分に美味しいんだよ」

「あ、ずるい！」

「まあまあ、これからしゃぶしゃぶ用に薄く切る時に、切れっ端を食べさせてあげるからさ」

瑛太くんに促されて、ぶりを薄く切っていくことにした。ぶりは背身と腹身とで味が違うのだそうだ。人間で考えてもわかるけれど、腹身は脂がのっているので柔らかくて濃厚。一方背身は、身が引き締まっていてさっぱりとしている。どちらにも良さがあり、人によって好き好きは異なるだろう。

「背味と腹身の見分け方って、皮をむいた跡が黒っぽい銀色になっているほうが背味で、それに比べて形が湾曲していて細長く皮を剥くと白っぽいのが腹身でいいの？」

「そうそう。もしかしておばあちゃんのノートに載ってた？」

「うん。なんかよく斉藤さんからぶりをいただいていたみたい。他のレシピもたくさん載ってた」

へぇ、と瑛太くんは言いながら興味深そうにしている。

「いっぱいあるんだから、どうせだったらもっと厚く切ったら？」

包丁を慎重にぶりの身に滑らせている私を見て、瑛太くんが不満そうに言う。

「ぶりしゃぶにする場合、厚さは四ミリくらいで断面をより広くなるように斜めに切るのがいいって書いてあったよ」

ぶりの身は、厚く切りすぎると、中まで火が通りにくい。かといって、長くしゃぶしゃぶしていると旨みが逃げて美味しくない。だから、四ミリぐらいの厚さがちょうどいいのだろう。

「断面が広くなるように切るメリットは、ぶりのうまみを増すことにもあるんだって」

切り方は単純だけれども、なかなか難しい。サクの皮目を下にして置いたら、断面が大きくなるようにそぎ切りにする。この時、包丁をできるだけ寝かせて、根元から刃先までを使い、手前にスーッと引くように切るのがコツだ。

「身が柔らかいから、押しながら切っちゃうと身が潰れちゃいそう。なんだか緊張するな」

「捌くのは簡単だったけど、そぎ切りは難しそうだ。見た目にも食感にも影響が出そうだし」

繊細なぶりの身は、温かい手で触っていると鮮度が落ちてしまいそうなので、切ったらすぐに瑛太くんにお皿に並べてもらった。

「できた！」

「お、出汁もしっかり沸いてる」

鍋の火加減を見た瑛太くんが、待ち遠しそうにこちらを見ていた。まるで子犬みたいでおかしい。

「なに？」

「ううん、なんでもない。じゃ食べようか」

卓上コンロに鍋を置き、ぶりしゃぶの始まりだ。難しいのは火加減で、強火過ぎるとぶりの脂が抜けすぎてパサパサになるし、弱火過ぎると火が通らずに旨みが出にくい。出汁(だし)の表面がちょっと動くぐらいの、ちょうど良い頃合いの火加減にして、ぶりは一度に何切れも鍋に入れず、一枚ずつ出汁(だし)にくぐらせていく。二、三回しゃぶしゃぶして、表面がうっすらと白く「霜降(しもふ)り状態」になった時が食べ頃。

「すぐ火が通る！」

瑛太くんがぶりを一枚鍋に入れると、間もなく声を上げた。

「つけだれ、どっちにする？　塩もあるけど」

「最初はあっさりしたほうかな」

瑛太くんにおろしゆず胡椒(こしょう)のつけだれを渡してから、私も手順を真似てちょっと出汁(だし)にくぐらせ、つけだれをつけて口に運んだ。

「わ、とろける！」

「うまっ！」

出汁に余分な脂が溶けてしまったのか、ぶりの味がはっきりと立ってきて凄く美味しい。ぶりの甘みが口の中に広がり、一枚、二枚と箸が進む。

ぶりで水菜を巻くと、さっぱりとして食べやすくなり、野菜もたくさん取れそうだった。

「こっちの辛いほうのたれ、すごい好み」

「瑛太くん辛いもの好きだよね。なんか、お酒飲み始めたら強そうなイメージある」

「どうだろ。うちって爺さんしか酒飲む人いなかったからなぁ」

「そうなんだ」

「親父はてんでダメ。下戸っていうの？　アレ」

瑛太くんは、俺は食べるほうが好き、と言いながらまたぶりを一枚パクリと食べた。

ぶりを全部食べ終えてから、ご飯を用意した。

残った出汁には野菜と魚の旨みがたっぷり溶け出している。そこにご飯を入れ、溶き卵を回し入れたあと蓋をして、しばらく待ってから小ネギを散らす。たったこれだけなのに、なんとも言えない美味（おい）しさで後を引く雑炊（ぞうすい）ができた。

「あーホント、温まるし、美味（うま）い」

「ホントだね……薄味だから梅干しとかも合いそうなシンプルさがいいね」

名残（なごり）惜しそうに鍋の中身をすくい、雑炊（ぞうすい）を食べ終えると鍋を下げて水を張っておく。

卓上コンロは瑛太くんが片付けてくれた。


「すみか、ちょっといい？」

皿を洗い終え居間に戻ると、瑛太くんがきまり悪そうな顔で座っていた。

「なに？」

「せっかくのクリスマスイブに、釣りとか出かけて悪かったかなって……」

「そんなことないよ。そのおかげでこうやって一緒に美味（おい）しい夕飯を食べられて私は嬉しいし」

「ムード、はないけど」

「うーん。ムードとか求めてたら、私は緊張しちゃって美味（おい）しいもの食べても、味がわからなかったかも」

そういうと、瑛太くんは「すみからしいなぁ」と屈託(くったく)のない笑顔で言った。

「そういえば正月どうすんの?」

「今年はおばあちゃんが亡くなったばかりだからお正月はやらないの。一応、年末年始にはこっちに家族が来るって言ってたけど」

「そっか。俺も実家帰るし……戻ってきたら会える?」

「うん。もちろん」

「今から言うのもなんだけどさ」

「うん?」

「今年はお世話になりました。来年もお世話になります」

……そうかぁ、来年も一緒にいられるんだ。

瑛太くんが真面目な顔をして、頭を下げるものだから、私も姿勢を正して返事をする。

「こちらこそ、よろしくお願い申し上げます」

ぺこり、と頭を下げると頭の上にちょこんとなにかを置かれた。

「なに?」

「ん、一応クリスマスプレゼント」

それを手にした私は、驚いて息が止まりそうになった。だって、それは。

「ペアリング……」

「サイズ合ってると思うけど……その、えーと」

瑛太くんの顔が赤い。

透明なガラスケースに収められたシルバーのリングには、私の誕生石が嵌（は）められていた。それが自分のために用意されたのかと思うと嬉しさでいっぱいになり、私は思わず瑛太くんに抱きついていた。

「ありがとう」

「うん。その、いつもそれ付けててくれる？」

「うん。外（はず）さない。嬉しい」

ケースから出して指を通すと、指輪はするりと薬指に収まった。

「綺麗（きれい）……ありがとう」

「気に入ったのなら、よかった」

瑛太くんの笑顔が本当に眩（まぶ）しくて、とても温かい気持ちになる。

こんなに他人を想うのってなかなかできることではない。それができるのは相手が瑛太くんだからであって、きっとそれは他の人ではダメなんだと思う。

温かい体にギュッと抱きついていると、十二月の寒さなんてどうってことはないような気がする。

二人なら、一緒にいられるなら。そう思いながら優しい腕の中に抱きしめられていた。

「あのね、私からのクリスマスプレゼントもあるんだけど、部屋に置いてあって……」

「ごめん、それはあとでいい？　まだこうしてたい」

「うん」

瑛太くんはそう言って私をしばらく抱きしめていた。

この家に住んでから体験するのは、初めてのことばかりだ。

私にはどれもみんな、おばあちゃんのレシピノートが呼び込んでくれた幸福のような気がして、お仏壇に向かって感謝を込めて微笑んだ。

三、薔薇とビーフシチュー

正月明けは瑛太くんと一緒にゆっくり過ごしたわけだが、それが楽しかった分、今の私を悩ませているのは差し迫っているバレンタインデーのことだった。

「麻子はバレンタインってどうするの？」

「んー？　愁くんに付き合って、研究室でＰＣモニターを眺めながら、数式の羅列をずぅっと見つめるデート？　ある意味、光のパレード」

「……ああ、愁さん研究追い込み中なんだっけ？」

「そそ。美少女を横に置きながら、モニターに向かって引きつった笑みを浮かべてると思うわ」

麻子の彼氏さんは私達より三つ年上で今、四年生。院に進む予定もあって研究漬けの毎日らしく、麻子はそれによく付き添っている。

「愁くんは私がいないと、風呂どころかご飯も食べないしね」

「頑張って……」

中学からの長い付き合いらしい二人を、バレンタインデーの過ごし方の手本にしようと思ったけれど、参考にはならないようだ。やはり、ここはおばあちゃんのレシピノートに頼って、お家デートを盛り上げてみるしかないと思った。

お家デート限定なのは、当日遅くまで瑛太くんがバイトだから。バイトが終わった後に直接うちに来る予定になっている。

だから、チョコレートをあげるだけではなく夕飯も一緒に、と思ったのだ。しかし。

「メニューが決まらない！」

おばあちゃんのレシピノートを何度も見返してはメニューを探す。たくさんあるレシピノートには洋食も載ってはいるのだが、目移りしてしまってまったく決まらない。

「肉？　魚？　……サラダと、デザートはチョコ味ので、あー！　決まらない！」

ページを最初から見返しては頭を悩ませる。

すると、ひらりと一枚の封筒が、膝の上に舞い降りた。

「あれ、手紙だ。こんなの入ってたっけ？」

今まで存在に気がつかなかったのは、どこかのページに挟まっていたからだろう。

「おばあちゃんの字じゃない……？」

他人の手紙を読むなんて、悪いとは思ったけれど気になって思わず読んでしまった私は、心臓がドキドキと高鳴る。

「ラブレターだ、これ‼　おじいちゃんからおばあちゃんへのラブレター！」

手紙は、おばあちゃんの容姿を褒めるところから始まり、性格や好み、料理の腕前などありとあらゆるものを褒め讃えた文章で、それは第三者が読んでも恥ずかしくなってしまう内容だった。

「わ、わぁ……おじいちゃんって情熱的」

手紙を封筒に戻して、どこにあったのかを探す。比較的表紙の新しいノートに挟まっていた形跡を見つけてそのページを開くと、そこにあったメニューが目に留まった。

「お肉ほろほろ？　あったか、ビーフシチュー……」

おしゃれ！　そして、ガッツリお肉も食べられる。これはいいメニューを見つけた。

ありがとう、おばあちゃん。おじいちゃんの手紙を使って教えてくれたようで嬉しいけれど、情熱的な内容にはびっくりしたよ。

バレンタイン当日、おばあちゃんのレシピノートを何度も読み返して、最後の一文の「愛情をたくさん込めること」という部分を胸に刻み、料理に取り掛かる。

ビーフシチューは手順が簡単な分、腕が試されているような気になる。

「うーん、不安。ここに来てかなり不安になってきた」

鍋からはいい匂いがしてきてるし、サラダだってちゃんとできている。でも不安なのだ。

胸がドキドキして、気分もソワソワして不安で仕方ない。

瑛太くんが家に来るまであと一時間くらい。

私は仏壇のおばあちゃんの写真の前にビーフシチューを供えて置いた。おばあちゃんが味見をしてくれるといいなと思う。

そして、その前で一生懸命一人で喋る練習をした。

玄関のチャイムと共に巨大な薔薇の花束が現れた。

「……瑛太くん？」

「……こんばんは」

私の想像の斜め上の事態に思考がフリーズする。花束だ。目の前にあるのは間違いなく薔薇の花束だった。

だが、その大きさ、本数が私の理解を超えている。

「バケツ、いる？」

「……ハイ。確実にいるね」

水を張ったバケツを二つ並べると、玄関がまるで花屋になったかのようだ。

「ふぅ」

「お疲れ様。持って来るの大変だったでしょ」

「大変って言うより、恥ずかしかった！」

「花束が歩いてる感じだったろうねぇ」

「……て、ことで。ハッピーバレンタイン！　ベタに花束なんだけど」

「ありがとう。ベタだけど、量にかなりびっくりです！」

「俺の愛の分だけ、持ってきた！」

瑛太くんの屈託のない笑顔にくらりとした。今日一日、瑛太くんのことばかり考えていたので心臓がもう限界に近い。

「とりあえず上がって、居間で待ってて」

「おじゃまします」

私は台所に向かう。瑛太くんはまず洗面所で手を洗ってから居間に入った。

「あ、いい匂い！」

「ちょっと、自信ないの……」

「なんで？」

「シンプルなレシピほど難しいなあって思って」

皿を食卓に載せようとすると、いつのまにか薔薇（ばら）の花が数輪、コップに活けてあった。

「これ、すみかのおばあちゃんに。そこのコップ借りたよ」

「ありがとう！　おばあちゃんも喜ぶよ！」

受け取ったコップをお仏壇（ぶつだん）に供（そな）えてから居間に戻って席につく。

「今日、ホント忙しくて昼抜いちゃってて」

「じゃあ、パンよりライスがいいかな？」

ご飯をよそって渡し、二人で手を合わせる。こうやって声を揃えるのにもだいぶ慣れてきた。

「いただきます」

まずはお肉。スプーンを入れただけでスーッと切れるほどに柔らかくなっていた。今日はばら肉を使ったのだが、ふわっとした食感で本当に口の中で溶けてしまう。じゃがいもも、にんじんもホクホクしていて、それも口の中であっという間に消える。

「ふぁー！　溶ける！　肉が柔らかっ！」

「よかった。いつも以上に自信なくて」

「なんで？　こんなに美味しいのに」

「……おばあちゃんのレシピにね、『愛情をたくさん込めること』ってあって。私、ちゃんと込められているかな、伝えられているかなって。調理法がシンプルなだけに余計に考えちゃって」

「ちゃんと、ちゃんと伝わってるよ……俺、すみかの愛情独占してるって感じるし、独占していいのかなって俺のほうが不安だよ」

「瑛太くん……」

瑛太くんの真剣な表情に心を射抜かれる。彼は本当に真っすぐに私を見つめているから、視線をそらせなかった。

「あのね、その……おかわりいる？」

「え、あ。うん。いただきます」

おかわりを取りに台所に戻る。心臓が今にも破裂しそうだった。ひたむきな表情に本当にグッときた。

……本当に、好き。瑛太くんが好き。

「ごちそうさま」

「おそまつさまでした」

台所に二人で並んで立ち、片付けをするのも慣れてきた。日々の時間の積み重ねがこんなに大切に思えるなんて、今まで考えてもみなかった。

「今日は紅茶にしようよ」

「うん、ありがと」

食後のお茶を出しながら、何気なくさりげなく、チョコの包みを渡してみた。

「チョコもくれるの？」

「今年は友チョコとか作ってなくて……瑛太くんにしか作ってなくて、その、ええと」

今さらながら舞い上がってしまって、うまく言葉にできない。

「すみか、ありがとう」

「うん、私こそ花束ありがとう」

ゆっくりとした時間の中で、お互いに見つめあって過ごすのは、ドキドキするけど心地よい。こんな優しい時間がずっと続けばいいのに、と思いながら二人で温かい紅茶をゆっくりと飲んだ。

四、潮風と春の足音

三月の初め、風もどこか優しくなって花の香りを運んでくる。

「んー、今日もいい天気。日向ぼっこ日和(びより)！　布団もふかふかになりそう」

普段はしまってある来客用の布団を順番に干して、畳を拭いて……細々とした家の手入れをしながら、いつも通りの生活を楽しんでいた。

この一年で私は家事に関して、だいぶ腕を上げたと思う。掃除や洗濯、それに料理。一人暮らしが板に付いたように感じる。

「ひとりと言ってもまぁ……夕飯は瑛太くんと食べることが多いけど」

おかげで作れるメニューも増えて、レシピに頼らずとも簡単な料理はできるようになった。しかし、まだまだおばあちゃんのレシピノートには、興味を惹かれるけれど作ったことのないレシピが満載だ。長年にわたって記されたそれは、一年やそこらですべて作ってみることなどできないのは当たり前だけど。

家事をしながら、明日のことをぼんやり考える。

「海、春の海かぁ……」

明日、天気がよかったら瑛太くんと遠出する約束をしていた。

どこかに出かけよう。そんなことを言っている時に出たのは春の海の話だった。

瑛太くんは、この時期の海が好きらしい。静かで綺麗で、なりよりも心が洗われる感じがするというのだ。

それを聞いて、行ってみたいと思った。瑛太くんの感じるものを、私も感じてみたいと思ったのだ。

少し厚着のほうがいいだろう。ニットにロングスカートを合わせ、春用のコートに歩きやすいブーツを履いた。時計を見るともう待ち合わせの時間が近い。荷物を持って駅へ急ぐ。心は春風よりも急ぎ足で浮き足立っていた。

「本当にいい天気だね」

「そうだな」

私と瑛太くんは電車に二時間ほど揺られ、海までやってきた。

春先の海はやはりまだ寒く、波の音もどこか冬の名残の寂しげな音を響かせている。

「よいしょ」

座っていた防波堤から立ち上がって、スマホで時間を見ればもう昼過ぎ。そろそろお昼にしようと思い立って伸びをした。

ふと横を見ると、瑛太くんはずっと海を遠く見つめながら、髪を海風になびかせていた。

大人びたその表情に私は体の動きが止まる。

「すみか、どうかした？」

「ううん、なんでも」

立ち上がって私の横に並ぶと、瑛太くんがいつもより柔らかい響きで言う。

いや、いつも柔らかい部類の声ではあるのだが、今日はずっと透明な声に聞こえるのは、海から寂しげな音がするせいだろうか？

「人、いないね」

並んで歩くと、冷たいけれど爽やかな風が体を撫でていく。

海に来ることだけは決まっていたけれど、目的などはなにもなくて、本当にただなんとなくここまで来た。

「オフシーズンだからかな？」

「俺は好きなんだけどね。人のいない海」

そう言って立ち止まり、ふたたび海を見る瑛太くんの顔が嬉しそうで、思わず手を伸ばす。

「……どうか、した？」

「頬冷たい」

頬に触れた手の上に、瑛太くんが自分の手を重ねて握った。

「いい天気だけどあまり海風に当たっていると風邪ひいちゃうね」

「……そうだな」

そう言い合ったものの、二人ともなぜか動く気にはなれなかった。次第に風は強くなっていって体も冷えてきているのに、動けずにそのまま二人で海を見ていた。

「瑛太くん」

「うん？」

しばらくして声を掛けると、瑛太くんの目がゆっくり細められて、その表情に見入ってしまう。柔らかいその笑みが私の息を一瞬、止めた。

「……向こうにある公園まで戻ろうか」

目が合う。

「………」

その言葉に返事ができず、ただ頷（うなず）いて見つめ返していると、ゆっくりと前に向き直った瑛太くんが私の手をさらに強く握って、それを自分の胸に引き寄せた。

ただただ、されるがままに腕を持っていかれ、胸にあてられた手から瑛太くんの心音を感じて手がピクンと反応する。

私からそれを解くことはできなかった。そんな気持ちを知っているのか知らないのか、瑛太くんは私の手を引いて階段を下りていく。

ゆっくり進んでいるとすぐに公園まで来てしまったが、人気のないことをいいことに、そのまま手を繋ぎつづけて公園の端の東屋まできた。

なにもなかったかのように、普通に会話をしながら椅子に座ろうとして、私は離れてゆく手を名残惜しく感じた。

今日は早起きして、お弁当を作った。

ピクニックボックスを広げると瑛太くんの手が次々と伸びて、美味しそうに食べてくれている。

「甘い卵焼きだ」

ニコニコとする瑛太くんを見ていると、こっちまで嬉しくなって笑顔になる。外で食べるお弁当はちょっと特別だ。

「そういえばね、私が初めておばあちゃんのレシピノートを見て作ったのってちらし寿司でね」

「へぇ、うまそう」

「その時はれんこんを花形に切るとかできなかったんだけど、一年でいろいろできるようになったなって今朝、お弁当作りながらしみじみしちゃった」

「普通に最初から上手いのかと思ってた」

「そんなことないない！　私、不器用だもの」

お茶を手渡しながらそう言うと、瑛太くんが不思議そうな顔をする。

「じゃあ、最初にオクラをあげた時って」

「レシピは見たことあったけど、作ったのは初めてだよ」

「え⁉　あれが初めて？」

驚いた瑛太くんが目を丸くしてこっちを見た。

「煮込むだけの料理だったし」

「いや、手つきとか綺麗(きれい)だったし、慣れてるのかと」

「失敗もだいぶしたんだよ。焼き物なんかはよく焦(こ)がしてた」

次々と思い出す料理の数々。人に振る舞ったものは成功しているけれど、自分で食べたものには失敗も多かった。初心者にはありがちな塩と砂糖を間違えるという行為で、むせそうなほどに塩辛い煮物を作ってしまった時は途方にくれた。

「最近は失敗も減って、少し自信が付いてきたの。できることが増えると嬉しいよね」

「俺はすみかの料理、最初から好きだったけど……あれで胃袋掴まれて、もう一直線だったなぁ」

「一直線？」

「そ。あ、この子、スゲーいいって」

「そう言われると恥ずかしいよ……なんだか、懐かしいね」

食べ終えてお茶を飲み、海の音を二人で聞きながらのんびりとする。

「すみか」

「うん。なあに？」

「改まって言うのは恥ずかしいんだけどさ、その、いつも美味しいご飯ありがとうな」

「えっ、そんな！　こっちこそ、食べてくれてありがとうだよ！」

まっすぐな言葉に耳まで茹で上がったような熱さを感じていると、瑛太くんの顔も同じようになっているのが見えた。二人で赤面しているのがおかしくて、どちらからともなく笑い出してしまう。

「寒くなる前に帰ろうか。デザートは奢らせて」

「うん」

片付けて立ち上がる。私は一つ瑛太くんにおねだりをした。……さっきみたいに手を繋いで、と。

瑛太くんは、頷いて私の右手を取りぎゅっと握りしめる。

海の音が遠くなるにつれて、私の鼓動はどんどん大きくなる。自分でねだったくせにやっぱり恥ずかしくなってしまって、下を向いて歩いた。駅でアナウンスが流れ、ホームに電車が入って来ても私達は手を繋いだままだった。

電車に乗ってドアが閉まる瞬間、ふとうしろからまた海の音が聞こえてきた気がした。

とても優しい音だった。

二年目　春

一、いちごとラズベリーのコンフィチュール

「薄々思ってたんだけど、瑛太くんちのご家族って贈り物好きでしょ？」

「わかる？」

「うん。でも量がね、半端ないんだよね」

「俺もそう思う」

二人で縁側に並んでしているのは、いちごのヘタ取りだ。

いちごの本来の旬は四月から五月。しかし最近はクリスマスケーキなどで需要が増し、出荷量が一番多くなるのは十二月後半らしい。それに合わせて促成栽培の技術が進んだため、十二月に入ると、早くもいちごが出回るようになったのだ。

瑛太くんが持ち込んだいちごは、露地栽培で作られたものでまさに本来の旬のも

のだ。

ハウス栽培のいちごよりも小粒ではあるけれど、そのまま食べても十分に美味しかった。

……のだけれども、例によってオクラの時のように大量にあるので、なかなか食べきれない。

「ウチのばぁちゃん、作るだけ作って消費は人任せなんだよ……市場に出荷とかしないんだから、大量に作る必要ないのにさぁ」

「私はお裾分けは嬉しいけど。あ、なにかお礼しなきゃね」

大きなザルいっぱいのいちごは、春の光にキラキラと輝いている。まるで真っ赤な宝石のようだった。

「に、しても。こんなにヘタ取ってどうするんだ?」

ヘタを新聞紙にまとめて、瑛太くんは不思議そうに首を傾げた。思えば瑛太くんが初めて家にきた時も二人でオクラのヘタ取りをしたのだった。

「悪くなる前に加工しちゃえばいいと思って。コンフィチュールにするの」

「コンフィチュール?　それってなに?」

「果物に砂糖をかけて、出てきた果汁で煮たもののことだよ」

「ジャムとは違うのか？」

「似て非なる、って感じかなぁ」

ジャムは、果物に含まれているペクチンが加熱されると、糖分や酸と反応してゼリー状に固まる性質を利用して、とろりとなめらかな食感に仕上げられたもののこと。英語のジャムという言葉には、「ぎゅうぎゅう詰め」といった意味があって、果物のジャムも瓶にぎゅうぎゅうに詰められたものといったイメージがある。十分な加熱時間を必要とするので、果肉は溶けてしまって原形を留めていないものも多い。

一方でコンフィチュールは、「砂糖や酢や油などに漬けた」という意味のフランス語「コンフィット」が語源で、果物に砂糖などをかけ、染み出てきた果汁で果物を煮詰め、保存に適した状態にしたもののこと。果物を崩れるまで煮込まないので、元々の果肉の食感を楽しめるし、ハーブやリキュールなどを混ぜた複雑な味わいのものを作ることもできる。粘りつくようなとろみがあるジャムと違って、コンフィチュールはさらっとした舌触りが特徴。アイスクリームやヨーグルトに添えたり、シリアルにかけて食べても美味しい。また、ソーダ水やお湯で割ったり、紅茶やハーブティなどのホットドリンクに入れたり、かき氷のシロップにするなど、さまざまな応用ができるのも人気の理由だ。

手作りが得意な人は、果物をたくさんもらったらジャムやコンフィチュールにして、もらった相手へのお返しにすると、喜ばれること間違いないだろう。

「……って、おばあちゃんのレシピノートの受け売りだけど」

「ふーん、じゃあ、このいちごにもなにか混ぜる予定？」

「そうだよ。ラズベリーを混ぜようかなって」

「混ぜると、どうなるんだ？」

「いちごだけでは出ない色になるって書いてあったよ。綺麗な深いルビー色だって。あと、さっぱりした酸味が加わるらしいの」

「へぇ」

そんな話をしながら二人で取ったヘタの片付けを終えた。

「で、この大量の瓶は？」

「みんなにお裾分けするために煮沸したのを天日で乾かしてるところ。詰める時にもう一回処理するけど」

「なぁ、もしかしてすみかも贈り物好きじゃない？」

「……えっ？　違う、と思う」

「言い淀むところが怪しいなぁ……」

「そう？」

瑛太くんはニヤリと笑って私を小突いてきたが、澄ました顔で受け流した。

レシピノートにあったコンフィチュールの材料はいちごにラズベリー、グラニュー糖（いちごとラズベリーの分量の二分の一から三分の一の量）、レモン汁にミントの葉、これだけである。

まず、へたを取ったイチゴとラズベリーを別々に洗って水けを切る。ホーローやガラスなど、酸に強い厚手の鍋にいちごを入れ、三分の一の量のグラニュー糖を振り入れ、いちご全体にまぶされるように鍋を軽く揺すったあと、レモン汁を加える。

弱火にかけ、しばらくするといちごから水分が出はじめるので、さらに二、三分間ほど煮て、残っているグラニュー糖の半量を加えてから火を強める。

するとアクが出てくるので、それを取りながらさらに七、八分間煮て、残りのグラニュー糖を加える。グラニュー糖が全体的に溶けたらラズベリーを加える。

それから、少し火を弱めて、さらにアクを取りながら煮る。とろみが出てきたら、ミントの葉を千切りにして加えて、一回煮立ったら出来上がりだ。

「本当だ。簡単」

「でしょ？　でもねー、むしろ大変なのはこれからだよ」

コンフィチュールは長期保存をするので、保存法が面倒なのだ。

コンフィチュールを入れる瓶や、その際に使う漏斗（ろうと）はしっかり煮沸（しゃふつ）消毒する必要がある。

鍋にお湯を沸かして、その中で瓶を入れて煮る方法もあるけれど、今回は蒸し器を使った。蒸気の立った蒸し器に保存用の瓶と、注ぎ口の大きな漏斗（ろうと）をふせて置き十分間蒸す。熱に強くないパッキンが付いている蓋は、その後に入れてさらに二、三分間蒸したあと全部を取り出す。

コンフィチュールは出来立てのまだ熱いものを、これもまた熱い瓶の九分目ぐらいまで注いでふたを閉め、逆さまにしておく。粗熱（あら）が取れたらふたが上になるように戻して、涼しい場所に置いておけば半年間はもつ。

こうして用意した瓶すべてにコンフィチュールを詰めた。

二人で何度も作業を繰り返して、用意した瓶すべてにコンフィチュールを詰めた。

「……肉体労働だな、これ」

「でしょー？　瑛太くんが手伝ってくれて助かっちゃった」

「もしかして、それ見込んで俺をコンフィチュール作りに誘った？」

「えへへ」

中身を詰め終え、並べた大量の瓶を見て瑛太くんはため息をついた。だが、それだけ大量のいちごを持ち込んだのは瑛太くん本人なので文句は言えないようだった。

「お疲れ様です」

そう言って瑛太くんの目の前にシンプルなヨーグルトチーズケーキの載った皿を置き、瓶に詰めきれなかったいちごとラズベリーのコンフィチュールを添えた。

「疲れた時には甘いもの、だよ」

「うまそう！」

紅茶を淹れ、さっそくケーキにフォークを入れた。

コンフィチュールがとろりと流れて白いケーキに赤い色が映える。思わず喉が鳴った。

　さっぱりしたヨーグルトとチーズの酸味にコンフィチュールの甘みが重なって美味しさに深みが増す。作りたてのコンフィチュールは柔らかくてとても優しい味だった。

「ケーキ屋のより、好みだわこれ」

「最近、瑛太くんの好みわかってきたかも」

「え、俺これ以上、胃袋掴まれたらどうしたらいいんだよ」

「素直に掴まれていてほしいなー」

「それ、本音と取るけどいいのかなー」

　二人で向かい合って笑い合う。穏やかな日差しが差し込む部屋に広がる甘酸っぱさは、コンフィチュールを作ったせいだけではないだろう。二人の心の中の甘酸っぱい思いも沁み出しているようだった。

　ふと考える。

　流行り物好きなおじいちゃんのことだ。果物をいただいたらおばあちゃんにねだってコンフィチュールを作ってもらったに違いない。そして二人はご近所にお裾分けもしていたのだろう。そう考えると、台所に大量の空き瓶が保管してあったことに納得がゆく。

そして今の私達みたいに、仲良く笑顔で美味しいものを食べて過ごしていたのかと思うと、おばあちゃんのレシピには人を喜ばせる不思議な力があるように感じて、ほっこりと心が温かくなったのだった。

二、スイーツとむくれ顔

ゴールデンウィークも終わり、慌ただしい日常が戻ってきた。大学も通常通り。グループ発表の用意とか、レポートとか……一年目よりも講義の内容も濃く深くなり始めていた。

「で、この部分どうする？　写真足りてる？」

「ごめんー！　今日バイト抜けられないのー！」

「じゃあ、資料まとめの分担だけして解散しよっか。明日も早めに終われるようにみんなよろしくね！」

私達のグループは麻子がリーダーになってくれたおかげで進行がスムーズであった。麻子の適切な采配に私も助かっている。居残りもほとんどない。

「お疲れ様、麻子がリーダーで本当よかったよ」

「性分かなぁ……みんながどうしていいかわからなくて、まごついているのとか見てられないのよ。作業が滞るのはもっと嫌」

「私も明日は夕方から家庭教師のバイトがあるから助かるよ」

「ああ、近所の中学生だっけ？」

私のアルバイトは四軒隣の女子中学生の家庭教師だ。受験は再来年だが、ランクの高い高校を目指しているらしく、それは熱心に勉強している。

「すごい頑張ってるんだよ。私なんかが先生でいいのかって思うくらい」

「すみかだからいいんじゃないの？　熱血教官みたいなのだったら続かなそうだし」

「……のんびりしてるって、言われてる気がするんだけど」

「おや、自覚がおありで？」

「もー!!」

麻子のからかいに反論しながらも、広げていた資料を片付けてグループ学習室を後にした。

私がそれを見たのは、アルバイトから帰って、風呂上がりに天気予報を確認しようとテレビをつけた時だった。

「へぇー、野菜のケーキかぁ」

髪を乾かすのもそこそこに、野菜スイーツの特集に見入る。紹介されているキャロットケーキやニンジンのゼリー、ほうれん草のシフォンケーキなど、野菜をふんだんに使ったスイーツは本当に美味(おい)しそうで心が躍った。

「あ、そういえば……おばあちゃんのレシピノートにも野菜のスイーツが載ってたなぁ」

机の上に広げてあった資料を片付けて桐箱(きりばこ)を開く。比較的新しいノートだったはずだとパラパラとページをめくり、目的のレシピを見つけ出した。

「あった。アスパラガスのロールケーキ」

意表をつくそのメイン材料にどんな味かと思いを巡らせる。レシピから想像するに、さっぱりめの味ではないかと思った。

「斎藤さんからいただいたアスパラ、悪くなる前に消費したいし……明日は大学午後からだから、作って持って行こうかな」

期待に気分をワクワクさせながら布団に入って目を閉じた。……ただ、髪を乾かし忘れたので翌朝ひどいことになったのは言うまでもない。


グループ学習室に集まって前日の続きをしていると休憩が欲しくなる。コーヒーを飲みに談話室に移動した時、私は午前中に作ったアスパラガスのロールケーキを取り出した。

「わ！　これ手作り？」

「よかったら、食べて」

「疲れた時は甘いものだよね！」

みんなが、それぞれ一切れずつ取り、ロールケーキにかじりついた。

「……どう、かな？」

「ねぇ、これって……野菜？」

「うん。アスパラガスだよ。普通に食べる時より柔らかめに茹でて、フライパンにバターを溶かしてアスパラをこんがりと焼いたのをロールケーキの生地で巻いたの。あとクリームにもみじん切りにしたものを混ぜてあるよ」

「えー⁉　本当？」

みんなの驚いた顔がおかしかった。目をまん丸にしている子や味を確かめるように口をもごもごさせる子もいて見ていて楽しい。

「えー、嘘。私アスパラ苦手なのにこれは美味しい」

「バターの風味と生クリームに合ってて滑らか。食感も面白いし！」

みんなの感想は好感触だ。

「へぇ、凄い。こういう美味しいものを伊織くんはしょっちゅう食べてるんだねぇ」

「なに言い出すの？　麻子！」

「えー！　羨ましいー」

「みんなで、からかわないでぇ……」

その後はずっとそんな調子でからかわれてしまって、恥ずかしかったけれど、少し嬉しかったことは心の中にしまっておいた。

「ふーん、それで残りのケーキはバイト先の中学生にあげたんだ？」

「そうだよ」

「ふーん」

バイトが終わった後に訪ねてきた瑛太くんは、ご機嫌が斜めだった。訪ねてきて早々にその話題を持ち出してきた。

友人達からアスパラガスのロールケーキの話を聞いたらしい。

「いいなー。アスパラかぁ……いいなぁ」

「瑛太くん、もしかして」

「なに？」

「嫉妬してるでしょ？」

「……してないよ」

あ、これはしてる。絶対してる。

確信を得た私は、おかしくなって笑ってしまった。途端にむくれる瑛太くんがかわいい。

「ちょっと待ってて」

立ち上がって、台所に向かいコーヒーを淹れて戻り、瑛太くんの前にそれと一緒に並べた。

「はい。一番真ん中の美味しい部分です」

「……すみかぁ」

「ちゃーんと、厚めに切ってあるんだから」

ぱぁっと笑顔になって、美味しそうにロールケーキを頬張る瑛太くんを、テーブルに肘をついてニコニコしながら見つめる。

「でも」

「うん？」

「すみかの作ったものを一番先に食べるのは俺がいいなぁ」

思ってもみなかった独占欲丸出しの言葉に、驚いてコーヒーでむせてしまったのは仕方ないことだと思った。

三、夏の計画

瑛太くんは私より一足早く二十歳を迎えて、飲酒が解禁になっていた。私は大切な人の大事な日に、二人きりでのお祝いというものに憧れてはいたのだけど、大学の友達みんなで瑛太くんのアパートに集まって大はしゃぎしたのは楽しかった。

瑛太くんはお酒の解禁後もそんなに量は飲まないみたいだ。そしてビールは苦いらしい。どちらかというと、甘いカクテルのほうが美味しいと言っていた。

料理に使った残りのブランデーを舐めてみたけれど『俺には早い』と言って私の笑いを誘ったのはついこの間のことだ。

「早く来月来ないかなぁ。すみか、誕生日じゃん？　一緒にお酒が飲めるようになるしさ。あ、なにか欲しいものとかある？」

「えっ、今月が始まったばかりなのに気が早くない？　欲しいものかぁ、んー……？ない、なぁ……」

急に振られた誕生日の話に私は少し考えてみるけれども、これが欲しいと言えるものは思いつかなかった。

「……あ。食材？　食材が欲しいかも」

「いや、そうでなく」

もっと記念になるもの！　と瑛太くんは呆れた顔で私を見ていた。だって本当に思いつかないのだから仕方ない。

「えー、食材だって立派な贈り物だよ」

「誕生日プレゼントはお中元やお歳暮じゃないんだから……もうちょい考えて」

「あ、この前もらった、スパイスセットは役立ってるよ」

「引き出物でもないからな……」

瑛太くんがご親戚の結婚式でいただいたスパイスセットはかなり重宝している。スパイスは自分でいろいろ揃えるとなると大変だけれども、セットで揃うと見た目も気分も嬉しくなるものだ。

「今日だってスパイスを使って、豆と野菜のスープカレーを作ったんだよ。食べる？」

「もらう。カレーって少量作ってもあんまり美味しくない気がしてさ、自分一人では作らないんだよな。もっぱらレトルト食べてる」

「レシピ渡そうか？　二人分の量で簡単だし、栄養取れるよ」

「んー、でも俺、すみかの作ったやつがいいからなぁ」

「……瑛太くんは褒め上手だよねぇ」

しみじみと言うと、なんで？　という表情で瑛太くんがこちらを向いた。

「褒め上手？」

「うん。そういう風に褒められると、また作ろうって気にされちゃうんだよ。今だってそう」

「俺、思ったことを言ってるだけなんだけど」

「くー！　天然か！　そうか瑛太くんは天然かぁ!!」

「はぁ!?」

最近よく思うのは、おばあちゃんのレシピノートのおかげで私は料理を続けていられるということ。それと共にレシピノートが、私と瑛太くんの距離を縮めて二人の間をつないでくれているということ。

瑛太くんとお付き合いをしてから、ぐんと私の料理の腕が上がったと思う。レシピノートを見ながら一人で作って食べている時よりも、誰かのため……瑛太くんのために作って食べてもらうことが上達をあと押ししてくれたように感じた。

好きな人に美味しいものを食べてもらいたい。

大切な人に笑顔になってほしい。

そんな思いが、私の中でいつのまにか大きくなっていて、それを料理で表現できることに喜びを感じていた。それを教えてくれたのは瑛太くんだ。

真っ直ぐに気持ちや感想を伝えてくれる。それがとても嬉しい。恥ずかしく思ってしまうこともあるけれど、こんなにも安心して心を開ける相手は瑛太くんが初めてだった。

心配事がないわけではないけれど。

「でも、瑛太くんは誰にでも優しいからなぁ……」

「そんなことないと思うけど……俺、すみかのことに関しては心が狭くなるよ」

「そうかなぁ？」

「大学で俺以外の男と喋ってるとイラっとするし。教授でも」

「教授でも⁉」

瑛太くんは瑛太くんなりに葛藤があるらしい。

「あと、んー、すみかはスカート似合うけど、他の奴に生脚見せたくないとか。でも、パンツスタイルも脚のライン綺麗だから見せたくないからなぁとか」

「ずいぶん、脚にこだわるね……」

「ほっそり脚線美とむっちり脚線美の間っていうか、ホントちょうどよい美脚っていうか、ついつい、うっとりと眺めてしまいそうになるし、パンストとかタイツを履いた時も生足も、ヒールで強調されてる脚もいい。あ、踏まれたいとは思わないけど！　無駄な肉がなく……」

「やめてー！　もうやめてぇ!!」

聞いていて恥ずかしくなってしまい、瑛太くんの言葉を慌てて遮った。

ニヤニヤする瑛太くんはやっぱり私よりもうわてだ。天然な部分もあるくせに！　と思いながら必死で止めた。

瑛太くんは面白がって続けようとしたけれども、私はそれ以上、聞いていられなくなって、瑛太くんの口に手を押し当てた。

「もうやめよ？　ね？」

「残念。あ、そうだ。話変わるけど、夏休み……旅行に行かない？」

「旅行？」

「うん。高原とか涼しいところ。キャンプとかどう？　星とか見ない？　興味あったらだけど」

「星、見たい……！」

唐突(とうとつ)になんでもない風に言われたが、瑛太くんと旅行だなんて。誘われて一気に心臓が跳ねた。

近場の公園や神社、遠出しても日帰りできる海。今まではそのくらいのお出かけだったけれど、今度は遠出。しかも……お泊まり。

早鐘を打つようにドキドキ高鳴る鼓動(こどう)が苦しくて、顔が熱い。

瑛太くんと過ごす時間は長いけれど、普段はのんびりしているだけのことが多くて、旅行のようなイベントに誘われるとなると話は別だ。

「じゃさ、早めに計画立てて、キャンプで誕生日祝わせてくれない？　それがプレゼント」

「期待してる」

ゆるやかに進む二人の時間の速度が少し速まったような気がした。

二年目　夏

一、夏の楽しみ

夏休みもなかばを迎え真夏である。

夏の街路樹の影は、その濃さとは裏腹に期待外れだ。みんなが汗だくでせわしなく歩く街並みの中で、それは涼しげには見えるものの、少しは涼しいかと街路樹の陰に身を寄せても、結局暑さは変わらない。

「暑い、暑すぎる……」

旅行のための買い物をしようとスーパーで待ち合わせの最中。私はずっとドキドキしっぱなしだ。今からこんなにドキドキしていたら心臓が持たなそうだと思った。食料を買い込んだら車で出発だ。

行き先は車で三時間ほど、高速を二つ乗り換え、県をまたいだところにある高原。

その標高千七百メートルくらいのところにキャンプ場がある。天気がよければ展望台から、南アルプス、中央アルプスが一望できるのが魅力らしい。

瑛太くん曰く、誰もが憧(あこが)れる絶好のロケーションなのに、利用者はそれほど多くなくて知る人ぞ知る「穴場なキャンプ場」なんだとか。

標高が高くても車で行けるので、体力に自信のない私でも安心だ。

「ごめん、待たせた！　店内で待ってればいいのに」

「大丈夫だよ。……楽しみでソワソワしてたから店の中にいたら変に思われるかと思って」

オフロード車で現れた瑛太くんを見て、期待が膨(ふく)らんでゆく。ずっと今日を楽しみにしていたのだ。

私の荷物を車に積み込んでからスーパーに入る。

キャンプの道具は前もって瑛太くんにお任せしているので、探すのは料理の材料や細々したものだ。

予定の材料を買い込んで、生鮮食料品はクーラーボックスに入れたら出発だ。

暑い街を走りぬけて、高速にのる。ラジオから流れる天気予報は晴れで、絶好のお出かけ日和だと告げていた。

「高校の時にもキャンプに行ったことがあるところなんだけど、ホント気に入ると思うよ」

「楽しみ！　キャンプって初めてなの」

期待はますます膨らんで会話も弾む。風景だとか料理だとか、楽しみなことばかりだ。

瑛太くんの運転は丁寧で全然酔わなかった。途中で休憩を何度か挟み、キャンプ場に到着した。実は移動中に寝てしまうかと思ったけれど、全然そんなことなくて二人で会話を楽しんでいるうちにあっという間に目的地に着いたのだった。

「わぁあ！　すごい！　涼しい！」

キャンプ場に到着すると、標高が高いから風が涼しく過ごしやすい。街からもだいぶ離れているから静か。そして自然の音しか聞こえない！

キャンプ場の入り口でもらった設備案内を見てみると、トイレも綺麗だしシャワー室も完備されていて、水場も広く使い勝手もよさそうだ。

瑛太くんが予約したテントサイトは、一般のテントサイトより奥の高台にある。

こちらは普段はゲートが閉まっていて入れないらしい。予約をしたり管理人さんに声をかけたりすれば、この場所を借りることができる。

景色が一番映える場所だそうで、とにかく自然を満喫したい！　という人にはおススメのようだ。

見渡すかぎりの大自然。高台にあるおかげで、管理棟などの建物も目に入らない。三百六十度、どこを見ても自然が広がっていて、ものすごく世界が広く感じる。

頭上をゆっくりと流れる雲を見ていると、まるで天空の国に来たみたいだった。

「すっごい！　高い！」

「いい景色だろ？　すみか、寒くない？」

「大丈夫、涼しくて気持ちいい。でも夜は気をつけないとね」

瑛太くんは慣れた手つきでテントを張り始める。私は手伝ってみようとはしてみたものの、力仕事は完全に任せてしまう形となった。

「ふう、こんなもんかな」

「はい、飲み物。お疲れ様」

「汗かいても涼しくて気持ちいいなぁ」

夏空は高く、澄んでいて、本当に気持ちがいい。

爽やかに駆け抜けて行く風が心地よくて、新鮮な空気を胸いっぱい吸い込んだ。

お昼はここに来る途中でついつい買い込んでしまった、パーキングエリア限定の食べ物やお弁当で済ませ、二人で周辺を散策することにした。

「あっ小川！　素敵！」

瑛太くんが連れてきてくれたのは、癒しの散歩道と呼ばれている「こもれびのみち」だ。

散歩道にはウッドチップが敷きつめられていて歩きやすかった。木漏れ日を浴びながら、小川のせせらぎをバックミュージックにのんびり二人で歩く。

森林浴がこんなに気持ちいいなんて知らなかった。

「気に入った？」

「とっても！」

実は、来る前は知らないところに二人で行って、どう過ごしたらいいのだろうか……などと考えていたけれど、こうして気持ちいい自然に囲まれていると、そんなことは忘れてしまって、一瞬一瞬が心から楽しくて仕方ない。

「そろそろ戻って火をおこそうか。借りたテントサイト、水場から遠いから早めに準備を始めよう」

「うん。火おこしやってみたい！　やり方教えてくれる？」

「バーナーあるけど、手でおこすの試してみる？」

「うん！　私ね、おばあちゃんのレシピノートからキャンプ向きなメニューを予習してきたの！」

「俺も。今日のメインは任せてな。これだけは自信あるんだ」

せせらぎを聞きながら、二人で手を繋いで散歩道を後にした。

二、キャンプ料理と星空

瑛太くんが作るメインの料理はダッチオーブンで丸鶏をそのまま蒸し焼きにするワイルドな料理だった。

材料は丸鶏一羽。たまねぎ、にんじん、じゃがいも。それににんにく、塩とオリーブオイル、そして、香りづけのためのローズマリー。ジャガイモや鶏肉との相性が抜群のハーブだ。

鶏はお腹の中をきれいにして塩胡椒を振る。にんにくは皮を剥き、食べやすい大きさにカットした野菜と一緒に鶏のお腹の中に適量詰めて（詰めすぎると破裂するので注意）、竹串や楊枝などで閉じる。残りの野菜をダッチオーブンの底一面に敷き詰めて丸鶏を置き、隙間にも野菜を入れてローズマリーを載せたら上からオリーブオイルと塩をかける。

ダッチオーブンを火に掛けて、一時間ぐらいすると皮がパリッとして、野菜が柔らかくなる。これで完成だ。

「これぞ男の料理って感じ！」

「ウチの親父直伝の料理なんだ。俺、子供の頃から親父とよくキャンプとか行ってて、それで覚えたんだ」

「だから瑛太くんはキャンプ慣れしてるんだね」

「すみかはなに作るの？」

「私はスープ。メインに合いそうでよかったよー」

瑛太くんがメイン料理作りを買って出てくれたので、私が今日作ろうと思ったのはプチトマトの入ったフォー。アウトドア向けの汁物料理だ。

フォーはベトナムの米粉で作られた平たい麺で、まだ歴史は浅いらしい。なんでもベトナム戦争終結後に、世界中に亡命したベトナム人によって広められたという。

おばあちゃんのレシピノートには「流行りのレシピ」というメモが残っていた。母や伯母が食べたいとリクエストしたことも書いてあったのだが、記述を見ると一番この料理を気に入ったのは、流行りもの好きなおじいちゃんだったようだ。

「フォーか。あんまり食べたことないかな」

「私もそんなに。昔、流行ったことがあるらしいよ」

「今の、タピオカみたいなもんか」

「定期的に外国の珍しいものって流行るよね」

「なんでだろうな」

二人で首を傾げたが、どこで生まれたものであろうが、結局はみんな美味しいものが好き、という結論に落ち着いた。

プチトマトのフォーの材料は、フォーに角切りベーコン、プチトマト、細ねぎ、めんつゆ、醤油に水である。

水を沸騰させたら角切りベーコンを入れる。めんつゆと四等分にしたプチトマトを加え、さらに煮詰めたらフォーを入れて火からおろす。

本格的なフォーは、水やぬるま湯で乾麺を戻してから使うものだけれど、今日用意したのはお湯を注げば食べられるインスタントのものだ。短時間で戻せて味も浸み込みやすい。

最後に醤油で味をととのえ、薬味に細ねぎを投入したら完成という簡単料理。手順も少ない。火からおろしてもインスタント麺なので余熱で柔らかくなる。

火を囲んで話しながらする料理はいつも以上に楽しくて、いつの間にか二人の距離が近づいていることに気づく。

気がつけば辺りは薄暗くなっていて、瑛太くんがつけてくれたガスランタンがいい雰囲気を演出してくれる。食卓用にはLEDのキャンドルランタンを用意している瑛太くんのこだわりには脱帽だ。

「真っ暗になる前に早めに食べよう」

「そうだね」

大胆に取り分けられた丸鶏の皮はパリパリでとても香ばしく、肉は野菜の風味が移ってとてもジューシー。ほどよい塩味が口いっぱいに広がって美味しい。鶏の脂が染み込んだ野菜の味も絶品で、おかわりしてしまった。

「これ野菜多めで好き！　見た目シンプルだけど味はしっかりしてる」

「ダッチオーブンで蒸し焼きするとこうなるんだ」

「家ではなかなか出せない味だね」

瑛太くんはニコニコしながら、野菜をたっぷりのせておかわりをくれた。

「すみかの作ったスープもさっぱりしてて旨い。俺、実はトマト苦手だけどこれならいける」

「うちの母もトマト嫌いだったらしくてね、レシピノートに嫌いな人向けのメニューが載ってたの。瑛太くんはトマト苦手だろうなーって思っていたけど、やっぱり当たりだったねぇ」

「え、バレてた？」

「ふふー！　知ってた！」

プチトマトを使えば酸味はそれほど感じないし、ベーコンの脂とめんつゆが青くささをおさえてくれる。そしてスープの汁がしみたフォーが全体をまとめてくれるのだ。トマトが苦手な人でもするりと食べられる。

おばあちゃんは、母のために流行りのフォーと苦手なトマトを組み合わせて、食べやすくなるように工夫をしたのだろう。こうやって食べる人のことを考えながら作られた料理は、作り手も幸せにする。おばあちゃんのレシピノートは、それを教えてくれているようだと最近は特に強く思う。

ありがとうという言葉が胸に自然と浮かんでくる。このスープもそんなメニューだった。

日がだいぶ傾いてきたので急いで食器類を片付けて、二人でお茶を飲みながら、山の稜線(りょうせん)に日が沈む瞬間を眺めた。

オレンジ色の空からスッと太陽が消えると、思わず涙腺が緩んでしまいそうになる。

「綺麗……」

そう呟くと、瑛太くんは私の肩を抱き寄せて、肩に頭を乗せてきた。

「まだまだ。俺が見せたいのはこれからだよ。もう少し待ってて」

「うん？」

「それまでテントの中にいようか。一気に冷えてきた」

二人でテントの中に入ると、ドキドキする。狭い空間の中で二人きり。家にいる時と違う感覚……やだ、緊張してきた。

顔が直視できずに、寒くなったからと言い訳してパーカーを着込み、フードを被って顔を半分隠した。

なんてことのない話をしていると、あっという間に時刻は九時を過ぎる。瑛太くんが立ち上がって私の手を引いた。

「そろそろ、いいかな」

「外に行くの？」

「そ。そのままパーカー着てたほうがいいよ。だいぶ冷えてるし」

二人でテントの外に出ると、瑛太くんは外に灯してあったガスランタンを消した。テントの中のランプも消したので辺りは真っ暗だ。

「目が慣れるまで気をつけて」

「わかった」

瑛太くんに手を引かれて展望台のほうへゆっくり進む。途中両手で急に目隠しをされて、恐る恐る展望台の階段を上り、手が手すりのところまで届くと瑛太くんが立ち止まった。

「まだ目、閉じてて」

「うん？」

瑛太くんの両手が離れ、頭を少し持ち上げられる。

「もういいよ」

そう言われて、パッと目を開けるとぼんやりと視界が戻ってきて、夜空と焦点が合った。

「……あ」

見上げた先にあったのは満天の星。それは夜とは思えないほどの輝きだった。

言葉を失って、目を丸くしたまま空を見上げることしかできない。

「どう？　約束の星空」

「……凄い」

「誕生日おめでとう、すみか」

「ありがとう」

視界が歪んで一気に涙が溢れ出す。

瑛太くんにぎゅっと手を握られて、二人で夜空を見上げた。

私は涙が止まらない。

夜空がゆらゆらして、光が余計にキラキラ輝く。

「二人で見られてよかった」

瑛太くんを見ると、屈託のない笑顔で私を見つめ、涙を拭ってくれた。

「ごめん。ホント、嬉しくて……こんなに綺麗なのに涙で視界が揺らいでて……」

「じゃあ、涙止めて上げるよ」

頬に手を置かれたと思ったら瑛太くんの顔が近づいてきて、私はそのままキスされていた。

「……っ」

一瞬ののち唇が離された時には、驚きで涙はすっかり止まっていた。

「え、っと……びっくりした」

「涙止まったでしょ？」

にこりと笑った瑛太くんは嬉しそうにぎゅっと私を抱きしめた。

体をゆっくり離して再び見つめ合う。

「すみかの瞳に星が映ってて綺麗だ」

瑛太くんの声が耳をくすぐるように聞こえたかと思ったら、また肩を引き寄せて抱きしめられた。

私は温かい体温に安堵感を覚えながら、瑛太くんの肩越しに満天の星空を見つめ、自分の体を預けて、しばらくの間、二人で満天の星の下で立ち尽くしていた。

二年目　秋

一、きのこのあんかけうどん

十月もなかばになり、スーパーにはきのこ類がたくさん並び、格安で手に入る時期になった。秋の味覚であるきのこには、しいたけ、しめじ、まいたけ、エリンギ、えのきなど様々な種類がある。

「きのこかぁ……」

「嫌い？」

大学を終えて夕食の買い出しを一緒にしていた瑛太くんが、浮かない顔でえのきを手に取った。

「嫌いじゃないけど、俺、親父に天然のきのこをよく食わされてて、市販のきのこの味ってよく知らないなぁって思って」

「天然のきのこ、いいじゃない！　美味しそう！」

「や、素人採取のは危ないから……人には勧められないなぁ。一回、中毒起こしてんだよね、うちの親父」

「うっ、それは嫌かも」

「だろー？」

瑛太くんは今度はエリンギを取り、しみじみと頷いた。

確かに、素人が採取したものは危ない。

「で、でも、低カロリーで食物繊維豊富なきのこっていいよね」

「ん？　それはここのところ、すみかの体重がちょっと増えたって話？」

「なんで⁉　なんで知ってるの？」

瑛太くんはニヤニヤしながらこっちを見ていた。どうやって知ったのか。見た目はそんなに変わらないはずなのに、どうして見破られたのか不思議だったけれど、これ以上突っ込んでボロが出たら嫌なので、黙って睨むだけにした。

きのこがダイエットにいいというのは本当だ。低カロリーで食物繊維やビタミンD

が豊富なものが多いきのこは、ダイエットをしたい人にはおすすめの食材だ。

「瑛太くん、『まごわやさしい』って言葉、知ってる?」

「え？ それってもしかして、おばあちゃんのレシピに書いてあったの？ そうか、すみかは優しいもんなぁ。おばあちゃんはそれも知ってたのか」

「違うよ。取り入れると理想的な食事になる食材の頭文字をつなげると『まごわやさしい』になるんだよ」

「なんだ、そういうことか」

理想的な食事の合言葉。そのなかにきのこも入っているのだ。「ま」は豆、「ご」は胡麻、「わ」はわかめなどの海藻類、「や」は野菜、「さ」は魚、「し」はしいたけなどのきのこ類、「い」は芋。きのこはこの魔法の合言葉にも入る優秀な食材なのだ。

「きのこの代表と言えば、しいたけかもしれないけど、日本で一番多く栽培されているきのこって、実はえのきなんだよ」

普段、食べているハウス栽培のえのきは、野生のえのきとは見た目がまったく違っていて、一緒に並べても同じきのことは思えない。野生のえのきを光を当てずに育て、改良したものが、今普通に目にする白くて細長いえのきだ。

「えのきはすぐに食べない時は冷凍したり干したりしておくといいんだよ。うま味が凝縮されて美味（おい）しくなるから」

「へえ」

次に瑛太くんが手に取ったのはぶなしめじだ。

「しめじって『ほんしめじ』と『ぶなしめじ』があって、お店に出回っているのは、ほとんどがぶなしめじなの。ほんしめじは天然のしめじだから、とても貴重なんだよ」

「今度、親父に聞いて探してみようか？」

「手に入ったら嬉しい！」

ぶなしめじはえのきと同じで年中安く手に入れることができるので、お財布にもやさしくいろいろな料理に使うことができる。

「エリンギは？」

「断然、イタリアンやフレンチ向き！　ヨーロッパとかロシアが原産だし。日本で広まったのは九十年代に入ってかららしいよ」

エリンギは香りというより食感が特徴的。アワビなどに似ている。だからなのか、きのこのニオイが苦手で好きではないけれども、エリンギなら食べられるという人は多い。

「やっぱり、うま味成分がたっぷりの代表選手と言えばしいたけだよね」

しいたけには、グアニル酸という、うま味成分が含まれている。干すとさらにうま味や栄養が凝縮されるので、干ししいたけは煮物などで大活躍している。

「でね、ビタミンB群が豊富なまいたけは、天ぷらやフライとか煮もの、炒め物とか和風でも洋風でも合うの。刻んでカレーに入れてもいいんだって」

まいたけは他のきのこと比べて、ビタミンB1やビタミンB2が豊富に含まれる。

脂質や糖質の代謝に欠かせないビタミンを手軽に摂取できるまいたけは、私のイチ推し食材である。

「へぇ、すごいね」

「でしょ?」

「で、調べたの?」

「うっ、だ、だって! ほかの食材のことだって気になるし!」

「きのこダイエットしようとしたんだ?」

「もう！　知らない！」

瑛太くんの意地悪に赤くなりながらも、買い物カゴに次々ときのこを放り込み、私はツンとしたままレジに向かった。

からかいながらも荷物を持ってくれる瑛太くんは、優しいけれど最近ちょっと意地悪な時がある。

「んー、すみかは太ったってよりさぁ」

「うん？」

「あ。これはセクハラになるから言わない」

「なんか、凄（すご）く気になるけど、聞いたらダメなやつでしょ、それ？」

私は、瑛太くんの耳をぎゅう、とつまんで仕返しだけしておいた。

たくさんきのこを買い込んで作る今日の夕飯は、きのこのあんかけうどんである。

材料は、しいたけ、しめじ、えのき、にんじん、鶏ささみに水、和風スープの素にあさつき、おろし生姜（しょうが）と水溶き片栗粉。これだけで食べ応えがあって満足感を味わえる。そしてなにより、カロリーも一人分、三百キロカロリー程度というのがうれしい！

瑛太くんにはまた笑われそうだから黙っておくけど！

きのこ類は石づきを取り、食べやすい大きさに薄切りにしたり、小房に分けたりする。えのきは長いので、縦に三等分する。鶏ささみは筋をとって一口大に切り、にんじんは細切りに。

鍋に水と和風スープの素を入れて煮立たせ、きのこやにんじんなどの具材を入れて煮る。柔らかくなったら水溶き片栗粉を加え、とろみをつける。汁が煮立っていないとあんがダマになってしまうので、それには注意が必要。

電子レンジで加熱してさっと湯で洗ったうどんを器に入れ、熱いあんをかける。あさつきを小口切りにして上に散らし、おろし生姜をのせて出来上がりだ。

所用時間十分。お昼に最適な時短レシピでもあるし、生姜と、とろみのあるあんで体が温まり、胃にもたれないので夜食にもぴったり。けれども、夕飯は軽く！　夜食禁止！　と心に誓った。

「できたよー」

「もうできたの？　いい匂い」

「市販品の和風スープの素を使ったから早くできるんだよ。出汁からとってもいいけど、このメーカーのものが美味しくてお気に入りなの」

　私は一玉、瑛太くんには二玉のうどんを入れて出した。

「なんか、量違くない？」

「食べ盛りの男性と一緒に食べてたら、カロリーオーバーになっちゃうよ」

　そう言って大きな器を瑛太くんの前に置いて座った。

　きのこのあんはとろみがあって熱々なので、息を吹きかけながら口に入れる。うまみが口の中に広がって味をしっかり感じさせてくれた。

　優しいとろみのお陰で、きのこの香りが引き立ち食べやすくなっている気がする。

「あち、ん、美味しい。さらっと入ってくる」

「胃が温まって、お腹にたまる感じがいいね」

　食欲の秋で、美味しいものがちまたに溢れているこの時期。他のメニューに負けず劣らずの旨味が、体を芯からポカポカと温めてくれているように感じた。

きのこそれぞれの風味が合わさって、濃くてしっかりとした味が舌を喜ばせてくれる。

うどんはなかなか冷めず、最後まで温かいまま完食できた。

食べ終わってから、ふと気づいた。

「あれ？　瑛太くん、辛み使わなかったの？」

「んー、なんとなく。すみかはダイエット頑張るみたいだしさ、俺も辛み断ちしてみようかなって思って」

「瑛太くんが辛み断ち⁉」

「驚くほどのものか⁉」

だって、学食のオムライスに七味を大量にかけて食べるほどの瑛太くんが辛み断ち⁉

私はびっくりして目を丸くしてしまった。味がわからないわけではないけれど、とにかくなんでもかんでも辛みを加えて試してしまう瑛太くんが、それを断つというのだから、驚いてしまうのも仕方ないだろう。

「……無理してない？　大丈夫？」

「んー、最近辛い調味料使うの減らしてみたら、すみかの料理は辛くなくても満足するって気がついてさ」

「そうなの？」

「極度に辛いものは体に悪い気がしてたし、ちょうどいいかなって。すみかが頑張るなら俺もやってみようかなって思って」

ちょっと照れながらそう言う瑛太くんの目は優しかったけれど、本気の色合いを見せていた。私にはそれを茶化(ちゃか)すことはとてもできなくて、瑛太くんの手を握った。

「私も頑張るからね！」

「すみかは、無理なダイエットはダメだからな」

約束する、と言うと瑛太くんは私の耳に口を近づけて小さく呟いた。

「去年のワンピースが入るようになったらディナーデートしようか」

「‼」

だから、なんで知ってるの⁉

私は驚きのあまりあたふたして、ぱっと瑛太くんから離れてしまった。

「すぐ顔に出るなぁ」

「だって！　私、なにも話してないのに！」

「この前、ひとりごとで言ってたからね～」

「ウソ⁉」

また、私は真っ赤になって今度は無意識で余計なことを言ってしまった自分を呪った。なんてことを言ってしまったんだろう私は‼　この上なく恥ずかしい！

くるりと瑛太くんに背中を向けてエプロンで顔を隠す。

恥ずかしい！　恥ずかしい‼　恥ずかしい‼

「すみか？　どうしたー⁉」

「どうもしないから……ちょっと待っててぇ！」

その時、まったく隠し事のできない私を、瑛太くんは微笑ましそうに見ていたのだった。

二、両親と彼氏

秋も深まって霜が降りるようになった頃、いきなり両親が訪ねてきた。

なんでもこの週末、弟が二泊三日の修学旅行で家にいないらしい。そこで、両親は揃って私のところに遊びに来たのだ。

「急に来たからびっくりしたよ」

お茶を出すと母はお土産よ、と実家の周囲で評判の和菓子屋の包みをくれた。それを解いてお仏壇にお供えし、残りは茶菓子として出す。

「電話くらい、してくれればよかったのに」

「いや、てっきり母さんがしたもんだとばかり」

「私はお父さんが連絡したと思ってて」

のんびりと二人はそう言って笑い、つられて私も笑う。

「相変わらずだなぁ。二人とも」

揃ってどこかおっちょこちょいなところのある両親はのんびり屋だと思う。それを私は確実に引きついでいると、よく親戚からは言われているのだが。……確かにそうかもしれない。

「すみかはこっちに全然帰ってこないからな」

「アルバイトもあるし、二年になって講義も増えてね。割と大変」

「でも、ちゃんとひとり暮らしできてるようでよかったわ」

部屋を見渡して母は安心したようにそう言った。父もお茶を飲みながら母につられて辺りを見回す。

「庭の手入れもしてくれてるんだな」

「うん。友達とかに手伝ってもらいながらだけど。この前は庭で焼き芋しちゃった」

主に誰が一緒に手入れをしてくれるのかは、あえて濁しておく。面と向かって言うのはまだ恥(は)ずかしいのだ。……彼氏ができました、なんて。

「ちゃんと食べてるの？」

「おばあちゃんのレシピノートのおかげで八割自炊(じすい)です！」

お昼の学食以外は、ほぼ自炊(じすい)なので胸を張ってそう言える。レパートリーも多くなって、得意料理もできた。レシピノートに貼り付けている瑛太くんの好みを記した付箋紙も増えている。

「凄いわ。お母さんより料理してるんじゃないかしら」

「お母さんもお父さんも仕事忙しいんでしょう？　仕方ないよ」

「まさか、娘に抜かされるなんてねぇ」

母は笑いながらそう言って、台所のほうを見た。

「古い台所だから使いにくくない？」

「慣れちゃったし、私にはちょうどいいかなぁ……あ、去年の冬は寒かったけど」

互いの近況を伝え合いながら談笑していると、玄関のチャイムが鳴った。

「あら、お客様かしら」

あっ、と思った時には遅かった。外から私を呼ぶ声が聞こえた。

「すみかー！　両手塞がってて。開けて」

「友達か？」

「う、うん……ちょっと行ってくる」

慌てて玄関を開けると、両手に紙袋を提げた瑛太くんが満面の笑みで立っていた。

「お裾分け持ってきた！」

「ありがとう……今ね、両親来てて……」

居間のほうからこちらを窺っている気配がする。とても、とても気まずい！

「え、わ、タイミング悪かった！　ごめん」

「違うの、その、話してなくて。その、ええと」

「すみか？　立ち話もなんだし上がってもらいなさいよ」

という、母の一言で瑛太くんはなんの準備もなく、私の両親と初のご対面となってしまったのだった。

「伊織瑛太と申します！」

「すみかの父です。こちらが、家内です」

「よ、よろひくおねがいします!!」

あ、噛んだ。

瑛太くんにもお茶を出して、居間に四人で座ると、一気に緊張感が高まった気がした。あの瑛太くんが緊張しているのだから、さすがに私の背筋も伸びる。

そして気がついてしまった。私は失敗したことに。

両親には来客用の湯呑みなのに、瑛太くんにはうちに置いてあるいつもの湯呑みでお茶を出してしまったのだ。

（瑛太くんにいつも使ってる湯呑みでお茶出しちゃったー!!　あー!!）

脳内で頭を抱えていると、それに気がついた瑛太くんがさらに慌てた様子であたふたする。

「あの、ええと。俺、れんこんをお裾分けにきまして……」

「れんこん？」

聞かれてもいないのに、喋り出す瑛太くんは、かなり混乱しているのだろう。父は不思議そうな顔をしている。

「初めまして。俺……いや僕は、すみか……さんの同期生で、ええと」

「ああ！　解ったわ！　あなたはすみかの彼氏ね！」

母の突然の発言に、お茶を飲もうとしていた私はゴホッとむせて咳き込んだ。まさかのど直球な母の発言に、瑛太くんの顔からはさぁっと血の気が引いていく。

「お母さん！　ちょっと！」

「違った？　でも湯呑み置いておくくらいの仲なんでしょう？」

ああ！　気がついていたか！　そうよね！　気づくよね!!

……私の失敗のせいで、瑛太くんは変な汗をかいているようだった。

「は、はい。その、お付き合いさせていただいています」

あがいても無駄だと観念したのか瑛太くんは素直に白状した。顔が青い。

「え、えーと。私の彼氏です」

私もそう言わざるを得ないこの状況。今すぐにでも逃げ出したい。

「うーん？」

「な、なに？　お父さん？」

「いや、すまん、すまん。誰かに似てると思って」

父は腕を組み首を傾げて唸(うな)る。思い出せそうで出せないらしく、じいっと瑛太くんを見つめてはうーんと唸(うな)る。

「お父さんの知り合いに、そんなに似てる人いるんだ？」

「いや、もっと身近な……」

その言葉に、母までもが瑛太くんをじっと見つめ始めてしまい、瑛太くんは居心地が悪そうにそわそわとしていた。

「うん。思い出せない」

「まあ、それはおいておいて。すみかったら、彼氏ができたのなら教えてくれてもよかったのに」

「え？　うん。そうだけど……」

「引っ込み思案なすみかに彼氏かぁ、母さん、これは祝いだ。お祝いをしよう！」

「そうね、あなた」

「なんでそうなるのー⁉」

というわけで、夕飯でお祝いをすることになってしまったのだ。

そこで、母とスーパーに買い物に出ることになった。

瑛太くんと父はお留守番である。二人を残して行くのは不安ではあったが、冷蔵庫の中身が寂しいのだから仕方ない。ごめん瑛太くん……父の相手は頼みます。

私は母をせかしてスーパーに行き、なんでもかごに入れようとする母を止めながら必要最小限のものを買い、急いで帰ってきた。すると、その間に瑛太くんはすっかり父と打ち解けたようで、いつもの屈託のない笑顔が戻っていた。ほっとした。

「ただいま。二人でなんの話をしてたの？」

「釣りの話。瑛太くん、釣りが趣味なんだって？　いいよなぁ釣りは！」

父は上機嫌で釣りの話に夢中なる。弟はゲームばかりなので、趣味を語り合えるのが嬉しいようだ。

「今度、海釣りに行こうって話してたんだ」

趣味は年齢も職業も超えるのをまた目の当たりにした。私は瑛太くんと父が思いのほか早く打ち解けたことに安堵して肩の力が抜ける。これで心置きなく夕食の準備に取りかかれる。

今夜は、スーパーで購入したお刺身と、瑛太くんにもらったれんこんを使った筑前煮にすることにした。

父と瑛太くんの相手は母に任せてひとりで台所に立った。母は私の料理の腕がどれだけ上達したのか知りたいらしい。なのでひとりで作ることになった。

買ってきたビールを注ぎながら、母は二人の釣り談義に混じって瑛太くんを質問攻めにしていて楽しそうだ。

　ほどなく料理が完成して、四人で食卓を囲む。

「すみません、俺までご馳走になってしまって」

「すみかに彼氏ができたんですもの。お祝いしないと」

「お母さん……お祭りじゃないんだから」

　すっかり舞い上がってはしゃぐ両親を見て、私は逆に冷静になっていた。

「瑛太くんにもらったれんこんを使って、筑前煮を作ってみました」

　取り皿と箸を並べる。もう隠す必要もないので、瑛太くんにはうちに置いてある専用の箸をわたす。

　おばあちゃんにもお供えをしてから、全員でいただきます、と手を合わせた。

「本当に自炊しているんだな」

「前に食べたちらし寿司もそうだったけれど、これもお母さんの味がするわー」

　両親は感心しながら筑前煮を頬張る。いつもより遠慮がちに食べる瑛太くんには、しっかりと取り分けて手わたした。

「お父さん達は私の料理食べるのって久しぶりだよね。去年のお盆は新盆だったから仕出しを注文したし、お父さんなんて飲み過ぎて、ほとんど食べなかったもんね」

「うん。そうなると瑛太くんのほうがお父さんなんかよりずっと多く、すみかの料理を食べてるんだろうな」

父は大いに瑛太くんのことが気に入ったらしく、話を全部振る。それに付き合ってくれている瑛太くんにはもう感謝しかない。

「ちょっと。すみか」

「なに？」

「この筑前煮のレシピちょうだい。美味しいわぁ」

「あとでメールしておくよ」

おばあちゃんのレシピの筑前煮は、てりが美しく見た目が綺麗だ。具材の一つ一つがきちんと存在感を主張していて、噛むほどにちょうどいい甘みと塩味が広がってゆく。こんにゃくにも味がちゃんとしみて臭みもなく食べやすい。

「美味しいですよね！」

瑛太くんも感想を言うが、あれはたぶん半分くらいしか味わえていない顔だ。打ち解けても緊張がなくなるわけではないだろうし。

筑前煮（ちくぜんに）のあまりはタッパーに詰めて瑛太くんに持って帰ってもらおう。

「ああ！　そうか!!　いや、びっくりだ」

「え？　なにがですか？」

「思い出したんだよ、似てる人。いや、亡くなったお義父さん……おじいちゃんの若い頃にそっくりだと思って」

突然思い出した父が、大きな声で瑛太くんに向かって言った。

「あら！　そう言われれば似てるわね！」

「え？　ええ⁉」

なんと、瑛太くんは亡くなったおじいちゃんに似ているらしい。私は歳をとってからの姿しか知らないけれど、若い頃に相当似ているらしく、父はしきりに感心する。

「いやぁ、すみかはおばあちゃん似だけど好みの男性まで似てるのかぁ。遺伝かなぁ」

突然のことに瑛太くんが戸惑っている。

「すみか、おばあちゃんのアルバムは？」

「ちゃんと残してるけど。持ってくる？」

両親にせがまれて、急いでおばあちゃんの部屋だった和室の押し入れからアルバムをひっぱりだしてきた。

「ほら、この写真。そっくりだろう？」

父が広げたアルバムには、満面の笑みを浮かべている男性と、横で気恥ずかしそうに立っている女性が並んで写っていた。この家の前で撮影されたそれは、おじいちゃんとおばあちゃんがここに住み始めた頃のものらしい。

「ホントだ……そっくり」

「すみかさんって、おばあちゃんにそっくりなんだな……」

私も瑛太くんも驚いて言葉を失う。

「そういえば、おばあちゃん達って、当時は珍しい恋愛結婚だったんだけどね。二人の出会いって、おじいちゃんが銀杏を大量にもらってご近所に配っていた時、そこの家に遊びに来ていたおばあちゃんに一目惚れしたんだって。それで持ってた銀杏を全部あげようとしたらしいの。おかしいわよねぇ！」

それから、足しげくおばあちゃんの家にお裾分けと称して通い詰め、とうとう求婚にいたったらしい。

「そうそう、そんな話を昔聞いたなぁ。ところですみかと瑛太くんはどうやって知りあったんだい？」

「ええと、大学です！　同期生なんですよ」

「そうなの！　よくね、瑛太くんのご実家から送られてくる食材をお裾分け……」

そこまで言いかけてはっとする。あれ？　そう言えば瑛太くんの行動もおじいちゃんに似てない？

そっと隣を見ると、片手で顔を覆った瑛太くんが天井のほうを向いていた。

もしかして……私達って行動まで似てる!?

こうなったらもう二人揃って赤くなってしまうのは仕方ないことだった。

「いやぁ、すみかは好みの男性までおばあちゃんに似てるとはなぁ」

父はすっかり上機嫌で食事を終えたあとも、しきりに瑛太くんに話しかけていた。

アルコールが入っているからかもしれない。

食後にお茶を出しても話し続け、気がつくと九時を回っていた。

「俺。そろそろ、おいとましますね」

「あら、明日休みでしょ？　泊まっていったら？　ねぇ、すみか」

まった。

「いえ、明日は朝からバイトがありまして！」

瑛太くんは丁寧に断るが、両親があまりにも残念がるので、ついに根負けしてしまった。


食事のあと片づけが済んだあと、瑛太くんを座敷に通して、布団を敷きながら謝ることしかできない。

「ごめんね、うちの両親、はしゃいじゃって」

「……パワフルだなって思った」

「本当にごめん！」

いいよ、と言いながら笑う瑛太くんはやっぱり優しい。

「明日、バイトあるのに」

「ん、ここから直接向かえばいいし、近いから平気だよ」

「お詫びになるかわからないけど、お弁当作るよ」

「じゃあ、甘めの卵焼き入れて」

「へ？　あ、うん⁉」

「わかった。入れるね」

お風呂先に入ってね、と言って居間に戻ると、両親はまだ機嫌よく話し込んでいた。

「いやー、いい男を捕まえたな！　偉いぞ、すみか」

「もう、お父さん酔いすぎ！」

「嬉しいのよ。私だって、あなたは引っ込み思案で今まで色恋沙汰なんてまったくなかったから、安心したわよ」

「人並みにするよ！　恋愛くらい！」

失礼な、と思いながらも両親の舞い上がりように、恥（は）ずかしさしかなかった。


翌日、両親より早起きしてリクエストされた甘めの卵焼きと、昨日の残りの筑前煮（ちくぜんに）をお弁当に詰め、瑛太くんに渡して見送った。後で起きてきた両親に文句を言われる。

「なんだ。もう瑛太くんはバイトに行ってしまったのか。もっと話したかったのに」

「花屋さんのアルバイトって朝早いの！」

「あ、それでお庭が綺麗（きれい）になってるのねぇ」

母は妙に鋭いところがある。なにか言って、あることないこと詮索（せんさく）されたりして、これ以上墓穴(ぼけつ)を掘りたくないので口をつぐむことにした。

二年目　冬

一、冬野菜と帆立(ほたて)のクリーム煮

瑛太くんは去年のクリスマスは釣りに出かけたが、今年は花屋のアルバイトを休めなかったそうだ。

クリスマスに花を贈る人というのは、一定数いるようで需要は高い。ゆえに今年は瑛太くんはバイトづくめ、という感じになっていた。

「クリスマスデートは今年もお預けかぁ……でも、どこも混んでるしなぁ。ゆっくりはできないかもね」

「すみかは、お家デートするんでしょ？　それでいいじゃない？」

「麻子はまさか……」

「フフフ、二年連続！　ディスプレイ見つめながらチキンを貪り食う！　これぞ究極の研究者のクリスマス!!　研究者の鏡よね。愁くんは」

麻子は愁さんに付き合って、今年も研究室でクリスマスを迎えるらしい。チキンにシャンパン片手にディスプレイに向かう姿は、かなりシュールに違いない。

「頑張って……」

「張り切って、ケーキまで予約しちゃったわよ！　あははは！」

笑いながら麻子は机に突っ伏した。強がってみても悲しくなる気持ちは痛いほどよくわかる……せっかくのクリスマスにそんな状況では、まったくロマンチックじゃない。

「で、すみかはなに作るの？　クリスマスの手作りメニューはなんですか？」

「シチューとかかなぁ。瑛太くんずっと水仕事だし、温かいもののほうがいいかと思って」

「いいなぁ……本当。羨ましい」

なにか差し入れしようか、と言うと麻子は丁寧に辞退した。「ちょっとは自分で料理してみる」との返事に少し安心する。なんだかんだと言いながら、愁さんのことを大事に思っている麻子のことだ、大丈夫だろう。

「イルミネーション、綺麗」

クリスマスイブを明日に控え、私は買い物の真っ最中だ。必要なのは芽キャベツ。ついでに部屋を飾り付けてみようと思って、小さなオーナメントなど細々したものも買い込んだら結構な量になってしまった。

「んーと。これで材料は全部揃ったかなぁ」

重い……。最近は、重いものや大量に食材を買い込む時は瑛太くんが荷物を持ってくれていたので、久しぶりの重さに瑛太くんのありがたみを感じてしまった。

明日は日頃のお礼も込め、美味しい料理でもてなそう。絶対、美味しいの作る！

二、見てしまったもの

クリスマスイブ当日。

おばあちゃんのレシピノートを開いて何度も読み返す。おじいちゃんはイベント好きだったらしく、おばあちゃんのレシピには季節のイベント用のレシピがたくさん載っている。

クリスマス向けのメニューは洋風のものが多いし、年末年始は和食が多い。新しもの好きのおじいちゃんに合わせて、メニューはどれも組み立てられている。

これが愛情、なのかな……とぼんやり思いながら、作ろうと思う料理のレシピを何度も読み返した。

「そろそろ取りかかろ」

作るのは冬野菜と帆立のクリーム煮だ。たっぷりの野菜をとろりとなめらかなホワイトソースで煮込み、帆立のやさしいうまみが味わえる品である。

材料は帆立て貝柱、芽キャベツ、かぶ、にんじん、玉ねぎ、牛乳、バター、小麦粉と、調味料に固形スープの素、塩胡椒だ。

まずは芽キャベツの下ごしらえから。根元に十字の切り込みを入れ、中まで火が通りやすくする。

お次は、かぶ。葉を落として皮を剥き、四等分。かぶは煮えやすいので、大きめにカットして大胆に入れても良い。

にんじんは、皮を剥いていちょう切りに。厚みを揃えると火の通りが均一になり、見た目も綺麗に仕上がる。玉ねぎは、大きさに合わせて四～六等分のくし切りにしておく。

これで野菜の下準備は完了だ。

その流れで、ホワイトソースの準備も先にしておこう。

小さめの鍋でバターを溶かし、そこに小麦粉を加えて混ぜ合わせる。ソースができあがったら、鍋を濡れ布巾の上などに置いて、すぐに冷ますのがポイントだ。このひと手間をかけておくと、ソースがだまになりにくい。

ここまでできたら、厚手で大きめの鍋を用意。野菜と水一カップ、スープの素を入れて火にかける。ふたをして中火で約十分。芽キャベツが柔らかくなった頃合いで帆立(ほたて)と牛乳を加え、煮立てないように弱火で熱していく。

そこに、先ほど作っておいたソースを入れ、木じゃくしでよくかき混ぜる。仕上げに、塩胡椒(しおこしょう)で味を整え、ゆっくり煮込んだら完成だ。

弱火で煮込みながら、時計を見るとそろそろ瑛太くんのバイトが終わる時間になっていた。

「……迎えに行こっかな」

ふと思い立って、ガスレンジの火を消し、エプロンを外してコートの袖に腕を通した。

瑛太くんのアルバイト先までは歩いて十五分。バスもあるけれど、のんびりと散歩がてら歩いていこう。

「わー、寒い！」

手袋をしていても冷たく感じる外気にマフラーを巻き直して歩いて行くと、途中の公園に見知った顔を見つけた。

「……瑛太くん？」

ベンチに誰かと並んで座っているのは間違いなく瑛太くんだ。

「隣の人って、誰……」

ベンチの隣に座っているのは髪の長い女性で、表情まではわからないが、白いコートがよく似合う大人っぽい雰囲気の人だった。

「……」

急に胸にチクリと痛みが走る。それからはドクンドクンと心臓の音が大きく鳴り響いて、周りの音が遠くに聞こえた。

目に映る景色がゆっくり私の周囲を回り始め、まるでスローモーションのように感じる。

あ。目が合った、と思った。その女性と確かに目が合ったのだ。その瞬間だった。

女性が瑛太くんにぐいっと近づいたかと思うと、そのまま彼に、キス、をした。

「……!!」

目に飛び込んできた光景に息を呑む。

今見たことが信じられなくて、呆然とその場に立ち尽くした。

「すみか?」

瑛太くんが私に気がついて名前を呼んだ。けれど、それには答えず私は走り出し、来た道を全力で駆け戻った。

息を切らして家にたどり着き、玄関前で肩を震わせながらやっとの思いで手袋を外す。両手が震えてポケットから鍵を取り出すのに手間どり、なんとか施錠を外して家に入るとそのまま自分の部屋に駆け込んだ。

さっきのはなに？

どういうこと？

誰なの？

「あ、え、と……」

ベッドに腰を下ろし、震える体を抱きしめて呼吸をすると、ヒューヒューと喉から渇いた音がして、うまく息が継げなかった。

震えが落ち着いてくると、今度は足の先から冷たさが這い上がってきて、体中がぞわぞわとした感覚に覆われる。まるで風邪の引き始めみたいだと思っていると、膝にポタポタっと温かい水滴が落ちてきた。

「……や、やだ。なんで？」

堰を切ったように涙が溢れ出し、ボロボロと泣き出してしまった。

頭の中でさっき見た映像がぐるぐると回転する。耳鳴りがして気が遠くなりそうだ。

顔を涙でグシャグシャにしながら、布団に伏せっていると玄関でチャイムの音がする。

出なくちゃ、と思うのに体が動かない。

何度めかのチャイムの後、私の名前を呼ぶ声と共に瑛太くんが家に上がってくる気配がした。それでも私は動けなくて、嗚咽も止まらなくて、部屋のドアをノックされてもそのまま泣き続けていた。

いつの間にか私は泣き疲れて眠っていたようで、気がつくと布団の中に寝かされていた。横には心配そうにしている麻子の姿がある。

「……麻子？」

「大丈夫？　伊織くんから連絡もらって来たよ」

「瑛太くん……は？」

「ん、居間にいるよ。呼んでくる」

「まって！　ダメ！　やめて……」

起き上がって麻子に縋るとボロボロっとまた涙が溢れてくる。麻子はなにも言わずに私を抱きしめ、背中を撫でてくれた。

「わかったから、落ち着いて。ね？」

「……うん、うん」

また布団の中に寝かされて涙を拭われる。

「今は会いたくない？」

「うん」

「なにか伝える？」

「……夕飯、食べてって」

「伝えてくるから、寝ててよ」

「うん」

麻子はなにも聞かずに居間に行ってくれた。天井を見上げているとまた涙が溢れてきて、目を閉じても止まりそうにない。

しばらくして戻ってきた麻子は、水の入ったグラスを持っていた。

「すみか熱あるし、解熱剤飲むでしょ？」

「ありがとう。ごめんね」

「瑛太くん、食べたら一旦帰るって」

「うん……」

「落ち着いたらすみかもご飯食べようね」

麻子の言葉が優しくて、それを聴いて私は頷きながらまた少し眠った。

瑛太くんが帰ったあとしばらくして、麻子と二人で温め直したクリーム煮を食べた。

机の上には瑛太くんの書き置きがあって、「美味しかった。落ち着いたらまた来る」と残されていた。

「麻子、愁さんは？」

「んー、ちょっと野暮用してる」

「ごめんね、イブの日に」

トロトロのクリーム煮は帆立の味わいと、芽キャベツのほっこり感が絶妙の取り合わせだ。温かいスープが胃に広がって心が落ち着きを取り戻してゆく。塩味が強く感じられるのは泣いたせいかもしれない。

「ケーキ、あるけど食べる？　甘いもの食べると落ち着くよ」

「うん。食べる」

麻子が冷蔵庫から可愛らしいサンタのミニケーキを出してきて、紅茶を淹れてくれた。それを黙ったまま頬張った。

「……大丈夫だからね」

「麻子はなにがあったか知ってるんだ」

「伊織くん本人から聞いたからね」

「そっか……やっぱり夢じゃなかったんだよね」

「すみかが思っているようなこととは違うよ。でも、本人からちゃんとそれは聞いて」

こくん、と頷きながら紅茶をもう一口飲んだ。

紅茶の味も、いつもより苦かった。

三、誤解と甘い時間

重い気持ちを引きずったまま、年末年始を迎えて、三が日も過ぎた。

今年は簡単なおせち料理を作る予定だったけれど、結局は実家に帰省して、母のおすすめの仕出し屋のおせちで済ませた。両親は仕事だし、弟は新年早々から地域のクラブ活動があり、私は手持ち無沙汰で早めに戻ってきてしまった。……特にやることはないけれど、課題の提出のせいにして。

廊下に座っていると冬の陽射しが差し込んで、私の体を温めてくれる。

「……あったかい」

なにもする気になれなくて、こうしてぼんやりと座っていると、静けさが心地よく感じる、まるで去年のクリスマスの出来事が嘘のようだ。

あれから、瑛太くんとはメッセージのやりとりしかしていない。

『体調は大丈夫ですか？』

『平気です』

『実家から戻ったら、伺ってもいいですか？』

『はい』

よそよそしいやりとりが今の二人の関係を端的に表していて、やるせない。

「はぁ、心がモヤモヤする」

ため息をつくとその分、幸せが逃げると言われるけれど、とうに逃げた幸せは取り戻せないからいいや。

うずくまって、また一つため息をこぼした。

翌日のことだ。

お昼前に玄関のチャイムが鳴った。瑛太くんだった。心して、冷静になろうと、笑顔を作って……出迎えた。

「久しぶり」

「うん、久しぶりだね」

居間に通して普段のようにお茶を出す。瑛太くんは、帰省した地元の銘菓(めいか)をお仏壇(ぶつだん)に供(そな)えて手を合わせてから、座布団に正座した。

「こっちは、お土産(みやげ)。卵なんだけど……よかったら」

「ありがとう」

白玉と赤玉の混じった卵は、瑛太くんの実家のご近所さんがくれたものらしい。

互いに軽く近況を話して、お茶をすすった。

流れるのは無言の時間だ。時計の針の音が大きく響いて、それが私の緊張を高める。

「……去年のクリスマスのことなんだけど」

「うん。ごめんね。急に具合悪くなっちゃって」

「いや、それは俺が……悪かったから」

「……っ、そんなこと」

やっぱり、思い出したくない。頭が拒否をするのだ。涙が溢れそうになって一生懸命それを堪えた。

「あの時、一緒にいたのは高校の時の後輩なんだけど、大学も俺らと同じなんだ。けど、全然そういうんじゃなくて……なんか、話があるからって言われてさ。公園で話をしてて」

「うん」

「その、告白されて……」

言い淀んだその先は、私の見た光景だ。

「急にあんなことになって。あの子、すみかのことを知ってて……あの時、すみかの姿を見つけてわざとしたって」

瑛太くんの声は震えていた。本当に不本意だったんだろう。

「俺もすみかに気がついて追いかけて、家に来てチャイム押したけど出てくれなくて、悪いと思ったけど家に上がったら、すみかが真っ青な顔で泣いてるし、救急車呼ぼうかと思ったんだけど、慌てて野木ちゃんに連絡したらすぐ来てくれて」

「……ごめんね、私、頭の中がぐちゃぐちゃになっちゃって、ビックリさせたよね」

「なんで謝るの？」

「自分でもあんなになるなんて思わなくて」

「すみかはなにも悪くない。油断してた俺が悪いし、あんなに泣かせて、俺は……」

冷めたお茶が、また訪れた沈黙を静かに映していた。

「本当に、ごめん。嫌われても仕方ないって思ってる」

「ううん、違うの。嫌うことができない、苦しくて。怖くて……」

私は怖かったのだ。あのまま恋が終わってしまうんじゃないかという不安に押し潰されそうだった。

今までの二人の時間が穏やかで心地よかっただけに、突然広がった波紋があまりに大き過ぎたのだ。

「それで、ちゃんと言おうと思って」

「……？」

「──嫌じゃなかったら改めてもう一度、俺と付き合ってください」

「……はい。でも、もう泣かせないでください」

涙声で返事をすると、瑛太くんが私の手を取ってギュッと握り、私の体を自分のほうへ引き寄せて抱きしめた。

「もう、絶対にあんなことにならないようにするから」

「うん、そうして」

「俺がこうするのはすみかだけ、だから」

信じて、と瑛太くんは震える手で私をもう一度強く抱きしめた。

「好きだよ、すみか」

飾り気のない真っ直ぐな言葉が耳をくすぐって内耳を伝い心に到達する。途端に私は力が抜けて、体を預ける形になっても瑛太くんは離さずに抱きしめ続けてくれた。

「私も、大好きだよ」

しばらくそうやって二人で抱き合っていた。

体というものは正直で、安心してくると他の欲求がわいてくる。ぐう、と鳴った自分のお腹が恥ずかしくなった。

「やだ、恥ずかしいなぁ……でも、お腹すいたね」

「うん。俺、すみかの手料理が恋しくて、実家のおせちとかほとんど喉を通らなかった」

本当だよ、と瑛太くんは恥ずかしそうに笑う。それにつられて私も笑うと、ちょっと懐かしい感じがした。そうだ、この空気だ。柔らかくて、温かいこの雰囲気が恋しかったのだ。

「……なにか作るね」

「うん、ありがとう」

もらった卵がある。冷蔵庫には豆腐。おせちで作ろうと思っていた一品が頭の中に浮かんだ。

白身魚のすり身の代わりに豆腐を使った、豆腐の伊達巻を作ろう。

木綿豆腐は、キッチンペーパーで包んで電子レンジでチンするなどして、水切りをする。すり鉢に入れてよくすったあと、砂糖と溶き卵を加えてさらにすり混ぜ、なめらかになったら、酒、淡口醤油、塩で味を付ける。
卵焼き器にクッキングシートを敷いて豆腐入りの卵液の半量を流し入れ、弱火で二十分ほど焼く。表面が乾いてきて、裏面に焼き色がついたら、まな板や皿を受け皿にして、卵焼き器を裏返すようにして取り出す。

クッキングシートを丁寧にはがして、今度は焼けた裏面を表にして卵焼き器に戻して焼く。

焼き色がついたら、表裏を比べてみて、濃い焼き色がついたほうを上にして、巻きすで巻く。この時、表面に二～三センチ間隔で横に切り目を入れると巻きやすくなる。巻き終わったら、すだれごと輪ゴムなどで止めて、生地が落ち着くのを待つ。

残りの半分の卵液も同じようにして焼いて巻きすで巻く。冷めたら食べやすい大きさに切って出来上がり。

「いい匂い。甘い匂い」

「レシピノートにおやつにもいいってあったし、お昼抜いちゃったから甘いものにしようかなって」

匂いにつられたのか瑛太くんが台所に入って来て横に立つ。

前と変わらない行為なのに、今日はより近く感じるのはなぜだろう。

——ああ、そうか心が近いんだ。

「お茶も淹れなおすね」

「それは俺にやらせて」

自然に以前の距離感が戻り、居心地のよさに心が温かくなっていく。

できあがった豆腐の伊達巻を持って縁側に並んで座る。少し傾いた陽射しが廊下を温めて心地よい空間を作っていた。

「あの日さ、野木ちゃんずっといただろ？」

「イブに悪いことしちゃったね……」

「俺もいたかったんだけど、愁さんに呼び出されてさ」

「愁さんに？」

「すっごい説教された……怒ると怖いのな、愁さん」

瑛太くんの話だと、まずは有無を言わせず正座を命じられたらしい。わけはともかく自分の彼女を本気で泣かせるヤツがいるか！　と、そのまま長い説教に入ったのだそうだ。

「瑛太くんは、悪くないよ！　私が……誤解しちゃったから」

「とにかく、泣かせたら男のほうが悪いって。膝を詰めて二時間きっかり説教された」

「……うわぁ、二時間も」

それで、そのまま愁さんの研究の手伝いをみっちりさせられたのだという。

「野木ちゃんにもさ、本気じゃないならもう別れろって言われたんだけど」

「麻子まで」

諦められなかったんだ、と瑛太くんは苦笑いで小さく呟いた。

「私もたくさん泣いたけど、諦められなかったよ」

そう返すと瑛太くんに屈託のない笑顔が戻っていた。恥ずかしそうにしながら、瑛太くんは豆腐の伊達巻に手を伸ばしてそれを一口食べた。

「甘い。やっぱり卵は甘いほうが好きだな」

「他は辛党なのにね」

「でも、辛み断ちまだしてるし」

「え、まだしてたの？」

「って言うより、なに食べてもすみかの料理と比べちゃってダメで。なんつーか……辛くても美味しく感じられないんだ」

瑛太くんは、あははは、と笑う。

私は目が丸くなってしまった。これはなんて凄い殺し文句なんだろう……

ニコニコしながら伊達巻を食べる瑛太くんは気づいてないみたいだけど、これって、その……いや、勘違いしたらまた泣いちゃいそうだから、考えてはダメだ。ダメだけど。

「俺、このまま、すみかとずっと一緒にいたいなぁ」

「えっ」

「今すぐ、っていうのは無理だけど」

瑛太くんはそう言って私の左手を取ってきつく握り、沈む夕日を二人でしばらく見つめていた。

黄昏の頃に見える景色は、その言葉の語源のとおり人の顔も見わけがつかなくなって、もしかしたら幻かもしれない。

だけどこれはたしかに現実で、握られた手の温かさが夢じゃないと教えてくれていた。

私はそれに応えるために、瑛太くんの手を握り返して頷いた。

「あのね、瑛太くん」

「ん？　なに、どうかした」

「ちょっと、ごめんね」

わたしは瑛太くんの頬を両手で挟むと自分のほうにグッと近づけて、そのまま、口付けた。

「な、なに……」

「あまいね」

私は気がついたのだ。

与えられているだけではダメだと。私からもできうる限りのものを相手に返し、与えなければならないと気がついたのだ。

料理が好きだ。料理をしてその料理を食べてくれる人がいるのは楽しくて、嬉しくて。

それで、温かい。

でも食べてくれる人は誰でもいいってわけではないのだ。相手が瑛太くんだから。

だから、こんな風に思えるんだろう。

優しくて温かい気持ちは止まらない。どんどん溢れ出してくる。

突飛な行動だったけれど、今、自分ができる表現方法はこれだけだった。

恥ずかしさよりも先に感情が動いたのだ。

「す、すみか?」

「うん、大好き。大好きだよ瑛太くん」

伝えなきゃ。この想いを伝えなきゃ。

言葉で足りない分は行動で表さなきゃ。

伊達巻よりも甘い、そんな時間がここにあった。

三年目　春

一、春のいただき物

「わぁ、たけのこ！」

「早取りだから小さいけど、味はいいって」

瑛太くんが、実家から送られて来たたけのこを持って訪ねて来たのは、三年生になって間もないよく晴れた日曜日だった。

私は段ボールを覗(のぞ)き込んで目を輝かせる。だって、採りたてのたけのこなんてなかなか見ないものだからだ。

なんでも朝採りをそのまま送って来たらしい。まだ、たけのこの皮も根元の表面もしっとりとしていて、その新鮮さに驚かされる。

「あ、米ぬかも一緒に送ってくれたんだね」

「あく取りに使うんだっけ？」

「あとえぐみを取るためだよ」

今は水煮のたけのこが年中手に入る。けれど香りも歯ごたえも、旬のたけのこには及ばない。生のたけのこが登場する春になると、それだけでウキウキしてしまう人も多くいるのではないだろうか。

生たけのこは小ぶりでコロンとした形のもの、そして丸みのあるものを選ぶといい。節の間隔が狭いほうが味がよくておすすめだ。

ただ、生のたけのこは放っておくとどんどんあくが強くなってえぐみもあるので、下茹（したゆ）でする必要があるのだがそれが一手間だ。でも、美味（おい）しく味わうにはその行程を省くわけにはいかない。

「ねぇ、さっそくこれ調理していい？」

「頼むよ。たけのこと言えば……やっぱり」

「たけのこご飯だよね!!」

二人で台所に立ち、まずはえぐみ取りから始めることにした。

たけのこは、表面をたわしでこすってよく洗い、根元を薄く切り落とす。穂先から五、六センチの部分を斜めに切って、縦に一本深めの切れ目を入れる。大きい鍋にたけのこを入れて、たっぷりの水を注ぐ。そこに米ぬかを加え強火にかける。

煮立ったら火を弱め、吹きこぼれない程度の火加減で金ぐしがズブリと刺さるくらいのやわらかさになるまで茹でる。それから、火を止めて茹で汁につけたまま冷ます。一晩おいておくとしっかりとえぐみも抜けてくれる。

今日のたけのこは新鮮だからえぐみも少ない。なので、粗熱が取れたら水で洗ってぬかを落とすだけでいいだろう。そして、切り目から堅い皮を剥く。先端を覆う柔らかい皮は姫皮といって実は食べられるので、残しておく。

お昼を挟んでたけのこの下処理をしていると、あっという間に夕方近くなってしまったが、夕食が美味しいたけのこご飯であると思えば、お昼が少し味気ないものであったことも忘れてしまう。

「おー、皮って綺麗に剥けるんだなぁ」

「ちゃんと切れ目を入れておいたからね！」

今日使う分だけ取り分けて、残りは密封容器に入れ、水に浸して冷蔵庫に入れ、一日一回水を替えるようにすれば二、三日は保存できる。

二、たけのこご飯

さて、たけのこの下処理がすんだら本丸のたけのこご飯に取りかかろう。

材料は米、ゆでたけのこ、鶏もも肉、だし汁、酒、みりんに淡口醤油。もし、淡口醤油がない場合は濃口醤油と塩を加えるといい。

「お米は炊く三十分以上前に洗って、通常よりかなり少なめの水に浸すっと」

「そうそう」

手伝いをしてくれる瑛太くんの米研ぎも手馴れて素早くなった。料理をしている瑛太くんの姿もやっぱり素敵だなーと思いながら見ているとニッコリと微笑みを向けられる。

ゆでたけのこは、やわらかい穂先のほうは厚めに、硬めの根元は逆に薄い短冊切りにする。

鍋にたけのことだし汁を加えてひと煮立ちさせ、一センチ角に切った鶏肉を加えてからふたたび煮立たせ、酒、みりん、淡口醬油を加え、落としぶたをして弱火で十分くらい煮る

米を水から上げて、まずたけのこと鶏肉の煮汁を加えてから普通の水加減まで水を足して、具のたけのこと鶏肉を載せて普通に炊く。炊きあがりが楽しみで仕方ない。

「つ、次のやろうか」

私が冷蔵庫から干ししいたけを戻したものを取り出すと、瑛太くんが不思議そうに手元をのぞく。

「ん？　それは？」

「煮しめを作ろうと思って戻しておいたの。せっかくだからたけのこを使ったおかずに変更しようかなって」

「へぇ……」

材料は卵と干ししいたけ、たけのこ、にんじん、三つ葉。具の味付けは八方だし。

追加でだし汁とみりんと淡口醤油に塩、それにサラダ油だ。

戻しておいた干ししいたけをみじん切りにする。たけのこ、にんじんもみじん切りにして八方だしで具材をサッと煮て冷ます。三つ葉は小口切り。

「なんか、手元を見られてるって恥ずかしいね」

「いや、見ていたくなる手つきだなぁと思って」

瑛太くんにじっと見られながら、卵を溶きほぐし、だし汁、みりん、淡口醤油、塩で味を整えて、汁気を切った具材と三つ葉を加える。

卵焼き器にサラダ油を熱し、具材の入った卵液を少量ずつ流し入れて焼く。くるくると綺麗に巻いて、焼きあがったら、熱いうちにふきんで丸く形を整えて出来上がりである。

「これ、だし巻きたまご？」

「ざんねーん！　千草焼きっていうの」

千草焼きとは、溶き卵にいろいろな具材を細かく刻んで加えて焼き上げたものを言う。まるで千種類もの具が入っているかのようだから、そう呼ばれるようになったらしい。普通は平らに焼くことが多いのだが、私は巻いてあるほうが好きだ。なぜなら見た目がかわいいから。

へぇと瑛太くんは一つ摘まもうとしたので、ペチンとその手を叩く。

「行儀悪いからダメ」

取っておいた姫皮は、千切りにしてお吸い物にしよう。

鍋にだし汁、酒、塩、みりん、姫皮、干しわかめをもどして一口大に切ったものを入れて火にかける。そうして、ひと煮立ちさせてから水溶き片栗粉でとろみをつけ、醤油（しょうゆ）で味を整える。干しわかめの塩分もあるので、醤油（しょうゆ）はほんの少しでOK。お椀に盛って木の芽を載せたら完成だ。

炊（た）き上がったたけのこご飯を軽くかき混ぜて器に盛り、こちらにも彩（いろど）りに木の芽を載せた。

「おお、たけのこご飯、千草焼（ちぐさや）き、姫皮の吸い物……たけのこフルコースだ!!」

「あと冷奴と、いただいたふきの煮物です！」

全部揃うとそれは図らずも、春のフルコースになっていた。

「初物だからおばあちゃんにもお裾分けしよう」

最近は二人で夕食を食べる機会がますます増えて、流れる空気も穏やかだ。

三年生になって、これから忙しさもグンと増すはずなので、こんなにゆっくりできるのも今のうちだけだろう。

「いただきます」

たけのこご飯はふっくらと炊けていて、具材と米の量のバランスがよく、サラサラと食べられる。気がつけば瑛太くんは二杯目に手を出していた。

千草焼きは最近覚えた料理で、具材を変えても美味しいのでよく作る。だし巻きたまごよりも味がしっかりしていて食べ応えもあり、なにより端野菜を無駄なく使えるのがいい。

「姫皮は初めて使ったけれど、確かにこれはお吸い物向き。スッキリしてる」

「実家では捨ててた。これを捨てちゃもったいないな」

吸い物は姫皮にとろみが絡んで実に素晴らしい。つるんと喉を通っていきそうになるのを堪えて咀嚼すると、たけのこの香りが口いっぱいに広がって旨味が増すのだ。

「はぁー、満足。食べた！」

「おかわり二杯もしたからだよ。食べすぎ」

「美味(うま)いのが悪い！」

開き直った瑛太くんにお茶を勧めながら、テレビをつけると、天気予報が流れていた。

「あっ、よかった。晴れが続くんだ」

「ん？　なにかあったっけ？」

「新歓(しんかん)週間でーす！」

「忘れてたわ……どこに潜んでた？　ってくらい湧くよな新入生が」

「んー、学食も混むだろうし、しばらくお弁当だなぁ……」

そんなことを呟くと、急に瑛太くんはシャッキリと座り直し、いきなり頭を下げる。

「すみかさん！」

「はいっ⁉」

「俺の分のお弁当も、よろしくお願い申し上げます‼」

その言い方に思わず吹き出してしまった。

「ぶっ！　急になにかと思ったら、いいよ。お弁当作るね」

「ありがとうございます！　ありがとうございます！　これはアレだ！　今からスーパー行かないとダメだな！　な⁉」

「なんで、瑛太くんが張り切るの⁉」

笑いが止まらなくなって、苦しい。私が笑うたびにますます生き生きする瑛太くんは、それからもひとしきり私を笑わせたのだった。

三年目　夏

一、冬瓜(とうがん)とタコの梅煮

夏休みが迫る中、私は企業のサマーインターンシップに申し込んだ。

就職活動が本格化する前の夏休みはまだ時間にゆとりがあるので、インターンシッ

プを利用するなら専念できていいと聞いたからだ。

「んー、時期が被ってないからここも参加できるかなぁ？」

他にも複数のインターンシップ先を探しながらぼんやりと考える。

麻子は持ち前の行動力を生かして、夏休みは海外ボランティアに参加するそうだ。実に麻子らしい選択だと思った。私には真似できない。羨ましいとも思うが、私は私なりに活動するのが一番だ。


「すみかちゃーん、いるー？」

玄関のチャイムと共にお隣のおばさんの声が聞こえる。

「はーい。いますよー！」

パタパタと玄関に出ると、おばさんはビニール袋を差し出してニコニコと笑った。

「これ！　冬瓜。若い人はあまり食べないかもしれないけど。たくさんいただいてねぇ」

「うわあ、ほんとたくさんある！」

「煮ても焼いても美味しいのよぉ！　よかったらもらってくれる？」

「わぁ、ありがとうございます！」

おばさんがくれたものは、小ぶりだけれども実のしっかりとした冬瓜だった。

冬瓜の旬は七月から十月と長く、名前に「冬」とあっても実は立派な夏野菜である。冬まで貯蔵できることから冬瓜の名がついたと言われている。

九十パーセント以上が水分でさっぱりとした食感。それに体を冷やす作用もあるので、冬ではなく夏に食べるといい食材なのだ。

「煮物とかおすすめなのよ。切っちゃうとねぇ、日持ちしないからね」

「わかりました！　頑張ってみますね」

受け取った冬瓜は、みずみずしい匂いを放っていて心が躍る。

早速おばあちゃんのレシピノートを開いて、メニューを探すことにした。

「冬瓜とタコの梅煮かぁ……美味しそう」

見つけ出したそのレシピは、夏向けのさっぱりしていそうなメニューで心惹かれた。

だが、肝心のタコが家にはない。買いに行かなければと思い、暑いだろうなぁとぼんやりしていると、急にうしろから声がかかってびっくりする。

「タコならあるけど？」

「え、わぁ⁉　瑛太くん⁉」

振り向くとビニール袋を提げた瑛太くんがいた。

「はい、お土産」

まったく気がつかなかったので、目を白黒させていると、瑛太くんがおかしそうに笑う。

「チャイム押しても出てこないから庭に回ったら、居間でぼーっとしてるみたいだったんで、悪いけど、上がらせてもらった。どうした？　風邪でもひいた？」

「ううん。考えごとをしてて。冬瓜のメニューをね。これ、作ろうかなぁって」

おばあちゃんのレシピノートの冬瓜とタコの梅煮のページを見せる。瑛太くんはふむ、と言いながら、ビニール袋を私に手渡した。

「ちょうどいいタイミングだな」

「え、タコだ。これ……」

「今日の釣りの成果。……っていっても全然釣れなくて、船を出してくれた人からもらったんだけどさ」

これで、材料がすべて揃った。すぐにでも！　と立ち上がる。

私の変わり様に瑛太くんは苦笑いを漏らしていた。

「楽しみにしてるよー」

「まかせて！」

瑛太くんは今朝は早くから釣りに行っていたらしい。相当眠そうだったので私が料理をしている間、昼寝をしてもらうことにした。

畳の上にゴロンと寝転ぶと、すぐに寝息が聞こえてくる。

材料は冬瓜（とうがん）とタコ、梅干し、わかめ。調味料は、だし汁、酒、砂糖、みりん、淡口醤油（しょうゆ）とシンプル。

タコは茹（ゆ）でて足を一本ずつ切り離し、食べやすい大きさに削ぎ切りにする。

冬瓜（とうがん）は皮を剥（む）いて四センチ角ぐらいに切って、十分ほど下茹（したゆ）でをしておく。

梅干しは種を取ってから包丁で叩く。わかめは、干したものなら水で戻して、五センチぐらいの長さに切る。

だし汁を火にかけ、煮立ったら酒とみりん、砂糖で味を調える。そこにタコ、冬瓜、梅干しを加えて弱火で煮る。キッチンペーパーなどで落とし蓋をすると火の通りがいい。冬瓜に竹串を差して、すっと通るようになったら淡口醤油を加えて、さらに煮含める。最後にわかめを加えて完成だ。

「よし！」

涼しげな器に冬瓜、タコ、わかめを彩りよく盛る。

今日も三人分ちゃんと綺麗に盛り付けができた。

おばあちゃんの仏壇にお供えをしてから瑛太くんに声をかける。

「できたよ」

「ん、んー？　ごはん？」

瑛太くんは、くわぁ、と大欠伸をしながら起き上がりくんくんと鼻を鳴らす。

「いい匂い。だしと梅の香りがする」

テーブルに器を置いて、ご飯とお味噌汁、それにほうれん草の胡麻和えを並べて箸を置く。

「何時起きだったの？　すっごい寝てたよ。タオルケット掛けても身動きしないで寝てたし」

「二時起き。沖まで出てたからさ～」

「わぁ……元気だ」

いただきます、といつものように二人で手を合わせて食べ始める。

おやつの時間に食べるご飯はちょっと背徳的だなぁと思いながらも箸を止められない。

「サッパリしてるのは梅のおかげかな？」

「冬瓜は下茹でしてるから味がしみこみやすいし、タコからもいいだしが出てる！　両方とも新鮮だからかも」

「わかめも、ご飯のいいおかずになる……よくからんで美味しい」

瑛太くんの食べっぷりは見ていて気持ちいい。作り甲斐があるなぁ、と思った。

笑顔で、食べてもらえるって幸せ。

二、三年目のプロポーズ

美味しい、美味しいと言いながら食事を終え、片付けは瑛太くんがしてくれることになった。それに甘えて私はお茶を淹れる。

「そういえば、すみかは今日なにしてた？」

「んー、サマーインターンシップの申し込みしてた」

「インターンシップやるんだ？」

「うん。三年のうちにやっておくと時間があるからゆっくりできるって聞いたし、エントリーしたところ、給与が出るんだって」

実務の勉強をさせてもらえて、それにプラスで給与がもらえる。そして、大学の単位になるのだ。今回エントリーした二社は、共に大学の単位として認められるところだったので、特になにも予定がない私にはちょうどよかった。

「ちゃんとしてるなぁ」

「瑛太くんは？　どうするの？」

「んー、俺は院行きたいかなぁって思ってて。一応、うちの学部で歴史学だと、学芸員狙いでも、院を出たほうが視野が広がりそうだしなぁって。俺の専攻の文化人類学って狭き門じゃん？」

瑛太くんもしっかりと考えているんだなぁ、と思いながら見つめていると、ちょっと考えるような顔つきをして、いきなり爆弾発言が飛び出した。

「つーと、俺が院出て就職してからだから、最短コースでもあと、四、五年かぁ」

「なにが？」

「え？　結婚の時期」

「んんんん⁉」

飲んでいたお茶が気管に入って、激しくむせる。

就職の話がいつのまにか、け、結婚の話になっている⁉

「というか、そもそもが！　私でいいの⁉」

「なんで！　今さらそこから？」

瑛太くんは、はぁ？　といった表情で言い返してくる。

「これだけ、すみかでしか満足できない体にしといて、俺を捨てる気か」

「なんで？　なんで私が捨てる側になってるの？　あと、いろいろあるような言い方はダメ！」

「正確には、私の『料理』でしょ？」と言いながら、お茶を淹れ直して差し出した。

「ありがと、っ、あちっ！」

「熱かった？　ごめんねぇ」

照れ隠しとちょっとした仕返しで、思いっきり熱いお茶を出してあげたのだった。

三年目　秋

一、おじいちゃんの故郷の味。鮭のちゃんちゃん焼き

おじいちゃんの出身地である、北海道の親戚から送られてきた生鮭一尾を持て余していたところ、ちゃんちゃん焼きが食べたいと言い出したのは麻子だった。

ちゃんちゃん焼きは『農林水産省選定の農山漁村の郷土料理百選』の一つに選ばれている北海道の郷土料理である。

鮭やホッケなどの魚を、季節の野菜や山菜と一緒に鉄板などで蒸し焼きにするもので、北海道の漁師町の名物料理だ。味付けはねぎ味噌にしたり、バターを混ぜたり、道内でも地域によって、また家庭によって様々なバリエーションがある。

ちゃんちゃん焼きの名の由来には諸説あって、「ちゃっちゃっ」と作れるからという説、「ちゃん（お父さん）」が作るからという説などいろいろだ。

「レシピノートに載ってた？」

「うん。あったよ。ホットプレートで作れる家庭版！」

麻子に尋ねられ、ノートを見せる。

おばあちゃんのレシピノートにあるのはすべて家庭で作れる料理だ。載っているか不安だったけれども、おじいちゃんの故郷の料理だ。もしかしたらおじいちゃんがリクエストしたのではないかと思って探してみると、やはりちゃんちゃん焼きのレシピがあった。

「材料は夏の名残(なごり)と秋の味覚の先取りって感じだねぇ」

「だねぇ」

使うのは、生鮭にキャベツ、玉ねぎ、えのき、舞茸（まいたけ）、ししとう、かぼちゃスライスに輪切りにしたコーン、それにバターと味噌だ。

味付けは赤味噌に砂糖、みりんとおろしにんにくを混ぜたものを使う。

「まるっと一尾使い切るのは無理だろうね。食べきれない」

「捌（さば）くのは瑛太くん達に任せて、私達は野菜の準備をしようか」

野菜はすべてひと口サイズに切る。瑛太くんと愁さんに三枚におろしてもらった鮭はさらに皮の部分を下にした状態で一・五センチ幅くらいの斜め切りにする。

ホットプレートにサラダ油をぬり、野菜をしいて、その上に鮭、輪切りにしたコーン、バターをのせる。

強火で炒め、鮭に火が入るまで蓋（ふた）をして蒸す。蒸し上がったら合わせ味噌をかけ、香りが立ってきたら火を止めて完成だ。

コツは蒸し上がったあと、味噌をかけてから強火でよく焼き炒めること。十分に味噌をからめると美味しさが増すとレシピには書いてあった。

「おー！　これはいい香り、香ばしい」

「これなら麻子でもできるんじゃないかな？」

「愁くんはひとこと多いですぅー」

火を万遍なく通すためにひっくり返すと、蒸気がモワッと上がり、いい匂いにお腹がぐぅと音を立てる。

「では、乾杯していただきますか！」

「カンパーイ！」

ビールを注いだグラスを軽く合わせて宴の始まりだ。

お昼からみんなで集まってビールで乾杯だなんて凄い贅沢な時間だ。

夏休みが明けてからは、ゼミだなんだと忙しくてゆっくりする時間がなかった。それだけにこういう時間のありがたさが身にしみるのだろうか。

「おー！　この合わせ味噌、最高。バターと絡んでそれぞれの具材の美味しさが引き立つ。味が繊細になるのな」

「ちゃんちゃん焼きって初めて食べたけど、これはハマるね」

「愁くんもちゃんと食べて！　ビールばっかりはダメー」

「はいはい」

野菜のシャキシャキとした食感に鮭の脂とバター、味噌がからんで食が進む。あっという間にみんなで食べつくした。ホットプレートの温度を下げるとシメをしないのか、と聞かれた。

「シメにはまだ早いでーす」

二、ご褒美（ほうび）の鍋、石狩鍋（いしかりなべ）

「鮭第二弾はこちらです！」

ホットプレートを片付けて、私が台所から持ってきて卓上に載せたのは鍋だ。

「なんか煮てると思ったらこれだったのか」

「そう、第二弾は石狩鍋（いしかりなべ）です！」

「鍋はすみかの提案でーす！」

石狩鍋も『農山漁村の郷土料理百選』に選ばれている郷土料理だ。新鮮な鮭を、頭を含むアラごと鍋に入れ、キャベツやタマネギ、豆腐などと共に味噌味で煮込む。ちゃんちゃん焼きといい、石狩鍋といい、鮭には本当に味噌が合う。

材料は生鮭の他にいくら、大根、にんじん、ごぼう、長ねぎに焼き豆腐、こんにゃく、まいたけ、しめじ、生しいたけ、昆布と具だくさん。

漁師料理らしく、つくり方も簡単だ。鮭の頭とアラはぶつ切りにし、うす塩を振って十分ほどおき、さっと湯通しして霜降りにする。

大根、にんじんは薄切りに。ごぼうはささがきにして酢水に入れてアクを抜き、長ねぎはざく切りにする。豆腐は食べやすく切り、こんにゃくは下ゆでして短冊に切る。きのこ類も食べやすい大きさに切る。

鍋に水と昆布を入れて火にかけ、煮立ったら昆布を取り出し、酒を加えて鮭を入れ、野菜類は火が通りにくいものから順に加えて煮込み、だいたいやわらかく煮えたら味噌を溶く。そして食べる直前にいくらを載せたら出来上がりだ。

「いくらを入れると豪華だね」

愁さんはいくらが気に入ったようだ。

「これでも丸一尾は多くて、ちゃんちゃん焼きと合わせても半分しか使ってないんですよ」

ちゃんちゃん焼きと同じ味噌を使ったのに、鍋にすると不思議なことに匂いが違う。どちらも食欲を誘う香りだが、ちゃんちゃん焼きは煽られて、どんどん箸が進む感じだけど、石狩鍋は心がホッとする、そんなイメージを抱く匂いだった。

「はい瑛太くん。熱いから気をつけて」

「すみかぁ、わたしにも取ってぇ」

鮭を霜降りすることで旨味が凝縮されている気がする。アクを丁寧に取り、味噌は最後に入れて沸騰させないように気をつけたおかげか、汁はにごらず風味もよい。

暑さが一段落したとはいえ、鍋を囲めば汗が出る。それでもなんだか幸せな気持ちになって全員が笑顔になる。

「あちち……余計にビール進むなぁ」

「愁くんは飲み過ぎだと思うよ」

「瑛太くんもビールおかわりいる？」

「ん、俺はいいや。シメを待ってる」

最後の楽しみはシメだ。

残った汁にうどん玉を入れてひと煮立ち。小ネギを散らして出来上がり！　簡単なのにこれが本当に美味しくて贅沢な気分になる。

「ご飯と迷ったけど、レシピノートのおすすめがうどんだったから、うどんにしたよ」

おばあちゃん曰く、野菜と鮭のうまみが溶け出した汁を十分に味わうには、汁を吸って膨らんでしまうご飯類よりも、からめて食べられる麺類、特にうどんなのだそうだ。

おばあちゃんのおすすめは本当にハズレがない。安心して人にも勧められるのだ。

「全部の具材の味がうどんにからんで深い味だね」

「本当……秋口の鍋も悪くないね」

四人で鮭づくしメニューを十分すぎるほどに食べ尽くしてしまった。

残ったいくらは醤油漬けにして楽しもうかと考えてニコニコしていると、瑛太くんが言う。

「おにぎり、待ってるからな」

「な、なんでわかったの⁉　いくらの醤油（しょうゆ）漬けのこと」

「そりゃ、顔に出てたし」

「えっ？　出てないよ！　ねえ？」

「いや、出てたよ。すみかちゃんってすぐ顔に出るよね」

「そこが、すみかのいいところなのよ」

「えー！　出てなかったよ⁉」

　みんなにからかわれて反論するものの、三人がかりでかかってこられては太刀打（たちう）ちできない。結局私は思っていることが顔に出やすいのを認めざるを得なかった。

　……秋口に気のおけない仲間と過ごす贅沢（ぜいたく）な時間、それがなにより美味（おい）しさのスパイスだったのかもしれない。

三、瑛太くんの提案

「あ、これ美味しそう」

しばらくレシピノートを睨み、悩んでいる私の横で瑛太くんはずっとレポートを書いていた。その進み具合はあまり芳しくない様子で、ペンを回したり、資料を何度も見返したりしていた。

大学生の私達にとってはレポートは必須の課題である。時間は十分にあるはずなのに、提出がギリギリになってしまいがちなのはなぜなのだろうか、と先に書き終えた私は隣で唸る瑛太くんを見て、しみじみと思わずには入られなかった。

「なに作るか決まった？」

「うん。できるまでにレポート終わるといいねえ」

「うっ、その自信はないわ」

「あはは、頑張って！」

笑いながらも居間に瑛太くんを残し、台所に立つ。もうすぐお昼だし、私は美味(おい)しいものを作って応援しよう。

しばらくして台所から香りが流れていったのか、居間のほうからお腹の鳴る壮大な音が聴こえてきた。

「あはは、瑛太くーん！　大丈夫？」

「もー、自分に負けそう!!」

そんな言葉を背中で聞いて、料理の最後の仕上げをした。

「できたよー」

「待ってた……いい匂いがして全然進まなかったんだけど！」

「じゃあ、食べてからまた頑張って」

「いただきます」

今日のメニューはサンマの秋野菜マリネだ。マリネ液でほどよく身がひきしまったサンマと、おだやかなぽん酢の味がついた秋野菜との組み合わせは、空腹も相まって食欲を誘う。

食事をしながらふと思ったことを瑛太くんに聞いてみた。

「最近瑛太くんって、辛い香辛料あんまり使わないね。あとトマトとかも苦手だったんでしょ？　今は平気だよね」

「うん。そういえば食べられるようになったぁ」

この頃瑛太くんは好みが変わってきたらしい。辛味がほしいと言わなくなったし、素材の味わいというものがわかるようになったようだ。

「そういうすみかも嫌いなものないじゃん？」

「んー？　前はあったんだけど、自分でいろいろ作るようになったらいつの間にか私も平気になっちゃったんだよね」

私の味覚も変わった。以前はどちらかというとジャンクフードが好きだったけれど、今では帰り道にどこかに寄って食べていこうとか思わなくなった。たまに食べると、やっぱり美味しいとは思うのだけど。

「不思議だよな。料理って味覚だけじゃなくて生活まで変わってしまう。なんてことないものを、大切に思うようになったりして」

「うん。それもおばあちゃんのレシピノートのおかげかな？　って強く思うんだ」

このノートがなければ、瑛太くんとこうやってご飯を一緒に食べるなんてことは起こらなかっただろう、と思うと胸が熱くなる。

「……私ねぇ、一応、就職する予定ではあるんだけど、調理の専門学校にも行きたいの」

「え?」

「だけど、仕事と調理の勉強は両立できないだろうから、どちらかを選ばないといけないんだけど……迷うよね」

親にいつまでも頼れるわけではないし、と笑うと瑛太くんは真剣な顔をして、私を見た。

「なぁ、今すぐ早急にってわけじゃないんだけど、さ」

「うん?」

「一緒に住まない?」

「……え?」

「もちろん、ここでだよ。あ、ちゃんとすみかのご両親にお願いして許可をもらえたらの話」

ポカン、としてしまった私に、瑛太くんはそんなに驚くな、と照れ笑いを向けた。

「そんなことを言ってもらえると、私は嬉しい。けど……いいの？　古い家だよ」

「入り浸るくらいに好きだよ、この家」

瑛太くんは部屋を優しい瞳で見渡して言う。

「この家は、あったかくて、心地よくて、なにより安心する家だし」

そう言われて本当に嬉しかった。

おじいちゃんが建てて、おばあちゃんが最後まで守っていた家。そして私が受け継いだ家。それを今度は好きな人と共に守っていく立場になったような……そんな気がした。

「四年生になる前にご両親に挨拶（あいさつ）して、俺の進路とか目標とか話すし、できればすみかにも、うちの実家に一度来てほしいです」

真剣な眼差しで瑛太くんは私を見つめる。私も見つめ返して頷（うなず）いた。

「――よろしくお願いします」

「こちらこそ、お世話になります」

二人で揃って丁寧な口調になり、思わず噴きだしてしまった。

「ぷっ、でもその前に、レポート頑張ってね」

「あ、しまった！」

瑛太くんは慌ててレポートに取り掛かる。私は瑛太くんからの思いがけない提案に期待を膨らませながら、後片付けをしたのだった。

三年目　冬

一、とろろ月見そば

家族が久し振りに遊びに来ることになった。年始年末はこちらで過ごすらしい。

私は部屋の片付け、つまりは大掃除を早めに始めることにした。

「こまめに掃除はしてるけど、やっぱり埃がすごい」

「なぁ、これどうする？」

「あ、それは中身を一応見るよ。天袋は届かなくてずっと手付かずだったの」

瑛太くんには天袋の片付けを手伝ってもらった。やっぱり高いところは背丈のある人にしてもらうと早い。とても捗る。

「んー、これは壺？　なんで天袋に壺？」

「おじいちゃんのコレクションだったやつかも。値打ちとか関係なく好きなものを集めちゃう人だったから」

「このデザイン面白いし、玄関に飾ったら？」

花を持ってくるよ、とさすが花屋でアルバイトしているだけあって、壺などのデザインには惹かれるものがあるらしい。

「あ、年始のお花、頼んでもいい？」

「ご注文ありがとうございます！」

天袋というものは魔窟なのだろうか。

壺の次はブリキの缶や、いつのだかわからない大量の風呂敷、なにかの薬品の瓶まで出てくる始末だった。

極め付けはたぶんこれはおばあちゃんも知らなかったであろう、おじいちゃんの秘蔵のコレクション的な怪しい雑誌。それが出てきた時には、二人で大笑いしてしまった。

時計を見ればもう十二時を過ぎていて、お腹もかなり空いていた。

「あ、いただき物のそばがあるから、それを茹でるね」

「じゃあ、このゴミ……いや、コレクション？　は見えないようにして収集場所に置いてくる」

「頼みます！」

大荷物は瑛太くんに任せて、私は台所に立つ。

そばと一緒に長芋もいただいたので、ふと思い立って、とろろ月見そばを作ることにした。

材料は長芋にだし汁、淡口醤油、みりんに卵黄。そばと合わせるのはストレートの麺つゆ。トッピングとして、いくらにウズラの卵、刻みのりと練りワサビ。

そばは、たっぷりの熱湯で袋の表示通りに茹でて、冷水でしっかり締める。これをするのとしないのとでは、のど越しがまったく違う。しっかり冷やしたら、水気をきって器に盛りつける。

長芋は皮をむいてすりおろす。卵黄を溶いて混ぜ合わせ、そこにだし汁を少しずつ加える。味付けは、淡口醬油（しょうゆ）とみりんを好みで。

そばを盛って麺つゆを注ぎ、とろろを適量かけ、いくら、ウズラの卵を載せて、刻みのりを振りかける。好みで練りワサビを添えれば完成だ。


「捨てるものは出し終わったよ」

「こっちも完成だから、手を洗って座っててー！」

盛り付けを終えた頃に瑛太くんも戻ってきて、二人で居間に座り手を合わせた。

「いただきます」

「なんか豪華！」

「でしょ？　おばあちゃんのレシピノートに、『年末などの慌（あわ）ただしい時でも楽しめるメニュー』って書いてあったからチェックしてたの」

見た目も豪華な月見そばだ。とろろに味がついているので、麺つゆの量は控えめにしてみた。

動いて汗をかいたあとなので、冬だけど冷たいそばもいいと思った。流石にお茶は温かい物を用意した。

そばを箸で持ち上げると、とろろが麺にからんで滑るように口の中へと入ってゆく。とろろだけでなく、いくらも一緒に口の中に飛び込んできて弾けるようにして溶けた。

「のどごしがいいね」

「……なあ、お代わりは？」

「あるよ」

瑛太くんにお代わりの二杯目を出す。今度はいくらの代わりになめ茸を載せてみた。そばを豪快にすすり幸せそうに味わう顔を見ていると、こっちまで幸せになってくる。

……ああ、そうかこんな笑顔のためにあるんだ。

私はおばあちゃんのレシピノートがなぜ書かれたのか、あのノートがどうして丁寧に残されていたのかがわかったような気がした。

そうだ、笑顔だ。こんな幸せそうな笑顔のためにおばあちゃんはレシピノートを残していたんだ。『受け継ぐものに贈ります』その言葉を思い出して涙が出てしまった。

「ど、どうした？　すみか？」

「あのね、わかったの。おばあちゃんの想いが、わかった気がしたの」

「想い？」

想いだ。大切な想い。

一つ一つ丁寧に書き残したレシピ。それらのすべてにおばあちゃんの想いが詰まっていて、それを私は受け継いだのだと気がついた。

今まで作ってきたどの料理も、どこにでもある普通の食材で作ることのできる簡単なものだったけれど、一度だって人を悲しませるようなものはなかった。それどころか、大きな幸せを呼び込んでくれるものばかりだった。

私はそんなレシピにこめられたおばあちゃんの想いに応えたいと強く、本気で強く思った。

「……瑛太くん、やっぱり私、大学卒業したら専門学校に行く。料理、もっとしっかりと勉強したい」

「うん。俺も応援する。すみかはきっとそうするって言うと思ってた」

涙を拭って笑うと、私以上の笑顔が目の前にあった。

「年末年始、ご両親こっちに来るんだっけ？」

「うん」

「じゃあ、さ。きちんと挨拶させて。ここに住みたいっていうことも話すし、それに」

「うん？」

「すみかとのこと、本気だって話しておきたい」

真っ直ぐな視線と言葉に私は頷いた。

「私も、私も瑛太くんのご両親にちゃんとご挨拶したい」

「ん、ありがとう。頼みます」

おばあちゃん。私、見つけたよ。

大切にしたい人。笑顔にしたい人。……一生、一緒にいたい人。

だからもう少し勇気をください。

おせち料理にはおばあちゃんの得意料理を作らせてください。

心が決まればスッと背筋が伸びる。私の決心が両親にどう取られるかはわからないけれど、おばあちゃんが応援してくれている、そんな気がする。レシピノートに背中を押されたように感じていた。

そして、瑛太くんの笑顔が私を安心させてくれるように、温かく包み込んでくれていた。

二、お正月の席で

世間はお正月の華やいだ雰囲気に包まれているというのに、家の居間にはピンと糸を張り詰めたような雰囲気が漂っている。その中で、私と瑛太くん、それに私の両親と弟は改めて顔合わせをしていたのだった。

目の前に並べられている御重（おじゅう）には、様々な料理を詰めてある。

おばあちゃんが残してくれたおせち料理のメニューは、今まで作ってきた料理よりも格段に作るのが難しいと感じた。

品数が多いということは、材料も多く、ひとりでは無理だと思い、麻子に手伝ってもらって一品一品、心を込めて作ったのだ。麻子のセンスで詰められた御重はなかなかの出来映えだった。


祝い肴には黒豆、数の子、田作り、紅白かまぼこ、伊達巻、栗きんとん。

焼き肴にはぶりの焼き物、鯛の焼き物、海老の焼き物、鰻の焼き物。

酢の物は紅白なます、ちょろぎ、酢蓮。

煮物は昆布巻き、陣笠椎茸、楯豆腐、手綱こんにゃく、芽出しくわい、八ツ頭、金柑、梅花にんじん。

これだけの物を用意した。伝統的なおせち料理のフルセットである。

弟の徹には食べやすいように筑前煮やフルーツの類も用意した。

誰が見ても美味しそうな料理なのに、誰も手を伸ばさない。

というのも、両親と弟の前で、正座をして話をしている瑛太くんにみんなが集中しているからである。

「と、いうことで、僕たちは一緒に暮らしたいと思っているんです」

「わ、私も、そう考えてます！」

緊張で震える手は、テーブルの下で瑛太くんがきつく握っていてくれていた。

「……二人が本気なのはわかったわ」

母から出た言葉は穏やかではあったが、その声色から心配そうな様子が感じ取れてしまう。

「すみかは、専門学校に進学希望で、瑛太くんは院に進んで研究者志望と。そういうことでいいんだね？」

「はい」

「そうです」

胃が痛い……父の視線が刺さるようで痛い。

「今日、お話しさせていただいたのも、半端な気持ちではないことを自分達なりに伝えたいと考えてのことなんです」

瑛太くんがいつもよりも凛として、まっすぐに父と向きあっている。

緊張していることは手を握り合っている私もわかっていて、握り返すことしかできず泣きそうになった。

「できれば互いに忙しくなる四年生になる前に一緒に暮らし始めたいと考えています」

「私も、許してもらえるならそうしたいって思っていて……一応私達、成人してはいるけど、やっぱりひとり立ちできていない子供だから、お父さん達にちゃんとわかってほしくて」

声が震えるのをこらえながらそう言うと、父は黙り込んで下を向く。母はそんな父を黙って見つめていた。

「お父さん……？」

「ん、いや、なんだ」

父が顔を上げて、なんとも言えない表情でこちらを見た。

「親子で似るものだなぁ、と思ってな」

「え？」

「……お父さんも、大学生の頃にこうやっておじいちゃんとおばあちゃんに挨拶(あいさつ)したのよねぇ」

懐かしむように言う母の顔が、ほんのり赤くなっていた。

「まさかすみかの選んだ人が、自分と同じようなことを言い出すとは思ってなかったから、びっくりしてだな。瑛太くんには驚かされてばかりだな」

頭を掻きながら、お父さんは恥ずかしそうに言う。

「正月の席でってことまで一緒なのが、な。昔の自分を見ているようで恥ずかしいよ」

じんわりと私の緊張が解けてゆく。父の表情が思っていた以上に優しくてほっと安堵する。

「え、ええと。その」

「うん。二人が本気なら応援したいとお父さんは思ったよ。母さんは？」

「瑛太さんは、すみかのことを幸せにしてくれますか？」

「……最大限、努力します」

「すみかは？」

「瑛太くんとなら、ううん、瑛太くんだから一緒に暮らしたいって、一緒に幸せになりたいって思ったの」

私達の気持ちを素直に、真っ直ぐに伝える。

「その気持ち、ずっと忘れないでね」

母の笑顔がとても優しくて思わず涙が溢(あふ)れてしまった。すかさずそれを拭ってくれる瑛太くんの手が震えていて、お互いの緊張を改めて感じてしまった。

「ありがとうございます」

「ありがとう、お父さん。お母さん」

母が懐かしそうに昔話を始める。

「私もびっくりしたわよ。おせち料理まで同じメニューなんだもの」

「そうなの？　『大切な人達と過ごす特別な日に』って書いてあるメニューを選んだんだけど」

「そうなのね。私がお父さんを連れて来たいと言った時、特になにも言わなかったけれど、出してくれた料理でおばあちゃんは伝えていたのね」

「おばあちゃんらしいね」

今まで大人しく話を聞いていた徹は、自分なりの解釈をしたらしく、実に子供らしい発言でこの場の雰囲気をガラリと変えた。

「んー……じゃあ、瑛太兄ちゃんは、本当の兄ちゃんになるってことでいいの？」

「そ、そうだね。そうなる、ね?」

「おれ、兄ちゃん欲しかったからラッキー」

そういう問題ではないと思ったけれど、徹の能天気な発言のおかげで緊張していた空気が解けて、和やかな雰囲気が居間に戻ってきた。いつものような温かい雰囲気に変わったのだ。

「それにしても、美味しそうな御重だなぁ」

「話し終わったんなら食べていい?　おれ、ずっとその伊達巻食べたくてさー」

「まぁ、徹ったら……」

呆れながらも、母は伊達巻を徹に渡した。

「あ、お雑煮もあるの。すぐ出すね」

立ち上がると、母も台所についてきて、二人で用意を始める。

「あら、これって」

「うん。おばあちゃんのレシピノートにあった、山形風雑煮」

用意したのは牛肉と里芋が入った、山形の名物である芋煮風の汁だ。清まし仕立てのあっさりした味わいの中に牛肉のコクと野菜の甘みを感じることのできるお雑煮で、父も母もこの味が好きなのだ。

「お餅はもうちょいかな?」

「すみかは本当に料理上手になったわね」

お餅をひっくり返しながら、母がしみじみと言う。

「ジャンクフードが大好きで、ピザとかばかり食べてたのに」

「うん、作ってみると楽しくて。それで料理の勉強をしたいと思ったのも、おばあちゃんのレシピノートに、背中を押されたような気がするの」

だから、私も誰かの背中を押してあげられるような料理を作りたいと思ったと言うと母は、おばあちゃんも似たようなことを言ってたわ、と笑った。

「私、そんなにおばあちゃんに似てる?」

「そうね。そっくりよ。なによりもそのひたむきさとか、優しさが年々似てくるわね」

「そう言ってもらえると嬉しいな」

「すみか、瑛太さんを大事にしなさいね。大事な人を裏切らないこと。それが一番大切なことよ」

「はい」

居間に出来立てのお雑煮を運んでゆく。

「ん？　この匂い……久しぶりだなぁ。おばあちゃんの作ってくれた雑煮の匂いと同じだ」

「そういえば、緊張してお父さんったら、お餅を喉につまらせそうになったわよねぇ。瑛太さんも気をつけてね」

クスクスと笑う母は楽しそうだ。

優しい香りのするお雑煮は、今の雰囲気にぴったりだった。

柔らかい餅と汁の風味の相性もぴったりで、ホッとする。ゆずの香りがすべてをまとめていて、スッキリ感もあった。

「さっき、なんの話してたの？　盛り上がってるように聞こえたけど」

「今度、三人で釣りに行く約束をしたんだ。海釣りは、おれも興味あるし」

男三人で話していたのは釣りの話だったらしい。徹までウキウキしている。

「釣りは男のロマンなんだぞ」

「沖まで出ると獲れる物が全然違いますもんねぇ」

やっぱり釣りか、と母と私は笑いながらも話に加わって、賑やかに時は過ぎていったのだった。

三、瑛太くんの実家を訪ねて

それから間を開けずに、今度は瑛太くんのご実家にご挨拶にいくことになった。

広々とした敷地に何台ものトラクターが並んでいるのに驚かされる。

瑛太くんから兼業農家だとは聞いていたのだが、実際は（私から見れば）結構本格的に農業をしているように見えた。

家にはご両親とおばあさん、二人のお姉さん、弟さんがいらっしゃった。

ご両親はとても気さくで、おばあさんはとてもひょうきんな方だった。

四人兄弟と聞いてはいたけれど、みんな顔がそっくりで仕草まで似ていたので、私は笑いを堪えるのが大変だった。

ご挨拶に伺うことを、おばあさんが近所の方に話すと、それがすぐに広まり、なんと瑛太くんの家に近所の方々が、酒だったりつまみだったり一品料理を持ち寄って、ちょっとした宴会になってしまったのだった。

そんな田舎のパワーに圧倒されながらも、無事に挨拶を終えて帰宅したのだ。

予定では日帰りだったのだが、一泊二日になってしまったのは瑛太くんが酔って潰れてしまったせいだが、それをさし引いてもとても楽しい時間だった。

「いやぁ、ほんと……ばぁちゃんのことはごめん」

「え？　とっても楽しいおばあさんだったじゃない？」

「……いや、テンション上がっちゃって。近所中に話に行くとかないわ。近所のおっちゃん達も面白がって家に来るし。田舎ってすごいだろ？」

「びっくりはしたけど、面白かったよ。お土産もたくさんもらっちゃったし」

お土産は瑛太くんのご実家の方だけでなく、ご近所さんにもたくさんの野菜や米をもらってしまった。

「あー、でもすみかの作ったっていう汁が飲めなかったのが心残りだなぁ」

「こだわるの、そこなんだ？」

お手伝いで作った汁物が割と好評だったのだけど、瑛太くんは酔い潰れてそれを飲めなかったのを悔やんでいるらしい。

「んー、なんかやっぱり、すみかの料理を一番に食べるのは俺じゃないと」

そんな子供みたいなことを言う瑛太くんを笑いながら、作ろうか？　と言った。

「材料もらったし、三十分くれたら作れるよ」

「……同じやつ？」

「同じやつ」

お願いします、と瑛太くんは機嫌を直して答えたのだった。


「ふーん、手の込んだ汁物だったんだ」

私の作業を見ていた瑛太くんはまた少し拗ねた声になる。

「一人じゃなかったし準備自体は簡単だったんだよ。ほら、拗ねてないで食べてみて」

瑛太くんを居間に押しやって座らせ、お椀をその前に置いた。

「これって祝いの汁なの？」

「花しんすうっていう花の形のしんじょを使ってお吸いものにしたの」

花しんすうは、薄焼き卵でひき肉のだんごを包み、卵のふちを花びらのような形に整えて蒸したもののことだ。これを椀種にしたお吸いものを作った。

「沖縄の郷土料理なんだって。機会があったら作ってみたかった料理なの。レシピノートにはおばあちゃんが旅行をした時に作り方を聞いたものって書いてあったよ」

「沖縄かぁ……華やかなイメージあるよな、沖縄料理って」

確かに、お椀の中に花が咲いたように見えて華やかだ。お祝いの席にはとても喜ばれる料理らしい。生姜（しょうが）汁を入れているので食べているうちに体も温まってくる。

「ふぁー、これ、だしの味が染み込んでいて美味（おい）しいなぁ」

「市販のだしを使ったけど、使うだしによってちょっとずつ違いが出るみたいだよ」

「ん、美味（おい）しい」

よかった、と笑うと、瑛太くんの機嫌はすっかり戻ったようで、満足気に微笑んで汁を飲み干した。

「機嫌直った？」

「直った」

素直にそう言う瑛太くんがとても可愛く思える。

「さて、両方の親の許可ももらったし、引っ越しいつにしようかな？」

「掃除はしてあるからいつでもいいけど……試験終わってからかな？　来月」

だよな、と言いながら瑛太くんはスマホで予定を確認する。

「あ、八日が大安。末広がりでいいかも」

「長期予報だと、その日辺りは天気もいいみたいだ」

そんなに物を持ってないからあっという間に終わる、と言いながら屈託なく笑う瑛太くんは嬉しそうだった。

私も嬉しくなって笑い返すと、瑛太くんに頭をなぜか撫でられた。

その扱いはちょっとどうかと思ったけれども、嫌ではない。むしろ心地よく感じられた。

「あ、そうだ」

「どうかした？」

瑛太くんは立ち上がって、仏壇の前に行くと、腰を下ろし線香を手にする。

「来月からお世話になります！」

そう言って、仏壇に手を合わせてりんを鳴らした。

私も横に座って一緒に手を合わせる。

最後におばあちゃんとおじいちゃんに報告をした。

来月の吉日、私の一人暮らしは終わり、二人暮らしが始まる。

これからの生活に期待が膨らんで心が躍り出しそうになっていた。

四、新しい生活が始まる。

引っ越し当日は、気持ちのいい晴天となった。

瑛太くんの引っ越し荷物は衣類と小物、大学関連のものくらいで、大物家電はそのままアパートに残しておくことになった。

弟さんが無事に大学に合格し、ちょうど一人暮らしを始めることになったからだ。

瑛太くんのアパートはそのまま弟さんが住むことになったので、アパートから持ってきた家具はベッドくらいしかなかった。しかし。

ふといくつかあるダンボールを衣服かと思って開けてみたら、その予想が甘かったことに気づく。

中にはプリント類、教科書類、テキスト類……といったたくさんの書物や書類が無造作に詰め込まれていたのだ。

「さすがに新入生案内はもう要らないでしょ？」

「え、取っておいたほうがよくない？」

このやり取りを延々とくりかえし、整理に終わりが見えないのである。

「午後イチで書類ケースと本棚買いに行こうよ……」

「我ながらどこに溜め込んでいたんだって量の紙類だな」

本人すら呆れるくらいの書類の山に、私も苦笑いするしかなかった。

「早めにご飯食べて出かけようか。書類の整理は一旦後にして、先に服しまったら？春物だけ出して、冬物は衣装ケースのまま押し入れに入れておけばいいよ」

「そうする」

ため息をつきながら、瑛太くんは服の整理にとりかかったのだった。

冬物を奥に、夏物を手前にしまい、春物はクローゼットにかけて行く。元は押し入れだったクローゼットは上にも置ける棚があって、そこには使っていないバッグ類や箱に入れたままの小物類をしまった。

「男の人って、服より小物が多いよねぇ」

「靴とかこだわる人は本当こだわるよ。俺はあんまり興味ないけど」

それでも流行りのシューズはチェックするらしい。

「うちのおじいちゃん、オシャレさんだったから服も小物も多くて、片付け大変だったって、前にお母さん言ってた」

「だからこの部屋の衣装スペースはこんなに広いのか」

瑛太くんが使うことにした部屋は、元はおじいちゃんの部屋だった。おばあちゃんの部屋とは真逆で、凄い量の荷物が詰め込まれていたらしい。おばあちゃんの荷物で処分に迷ったものは着物くらいで、あとはスムーズに片付いた。

衣類をしまい終えて、時計を見ると十一時を過ぎていた。

「なに食べる？　ご飯？　麺類？」

「ご飯かな……腹にたまるもの！」

「午後動けなくなると困るから、濃いものよりもさっぱりしていてお腹にたまるもの、とかどう？」

「お願いします！」

私はお願いされました、と返して台所に向かったのだった。

食事を終え、お茶を淹れてお腹を休めつつ、二人でホームセンターのチラシを眺める。

「新生活フェア始まってるし、ちょうどいいか。たぶんまた書類は増えるだろうし、書類ケースは必要だなぁ」

「いらないものを処分するためにシュレッダー買ったら？　便利そう、シュレッダー」

チラシを見ながらそう言うと、瑛太くんは微妙な顔をしながら、分別苦手なんだよなぁと、頭を掻いた。

「一枚一枚確認して、いるいらないを決めるしかないじゃない？」

「やっぱり？」

「数日かけてもやっておいたほうが、後のためだと思うよ」

うーん、と瑛太くんは唸る。なんとかしてもっと簡単な方法がないかを考えているのだろう。眉間の皺が面白かった。

「本類は取っておく。紙類は手伝うから頑張ろ」

「ハイ」

諦めたらしい瑛太くんは、買う必要があるものをスマホのメモに打ち込んでリストを作った。

その姿を微笑ましく見ながら、引っ越し祝いの食事はちょっと豪勢にしようかと思った。

四年目　春

一、春を感じる、土産もの

夏みかんの旬は四月から六月である。

晩秋ころから黄色く色づくものの、まだ酸味が強く食べづらい。しかしその酸味も、翌春になると落ち着いて旬を迎える。

そんな夏みかんが山口県から送られてきたのは旬も真っ只中の爽やかな五月のことだった。酸味が抜けた夏みかんはスッキリとした芳香を放っていた。

この夏みかんの香りは山口県の萩の城下町を象徴するものらしい。五月になると、初夏の訪れを告げる夏みかんの香りが町中に漂うそうだ。

「立派な夏みかんだな」

「皮に張りがあって、同じ大きさならずっしりと重みを感じるものを選ぶといいらしいよ。持った時に軽く感じるものは水分が抜けていることがあるんだって」

私がその香りを楽しんでいると、瑛太くんは夏みかんを剥いて、ひと房頬張った。汁が滴って指を濡らす。

「凄いね。完熟だ」

「旅行土産が夏みかんって、母さんはなに考えてんだか」

「いいじゃない。特産品のお土産って素敵じゃない？」

「すみかがそれでいいならいいけど」

瑛太くんは笑いながら、汁を拭いつつ夏みかんを食べた。

「見て、おばあちゃんのレシピノートに夏みかんのケーキなんていうものも載ってた。美味しそうじゃない？」

瑛太くんにページを見せて材料をメモに書き出す。

この頃は、こんな風に食材をもらった時や、印象的なものを目にするたびに、おばあちゃんのレシピノートを参考にするのが、すっかり習慣になってしまっている。同じ食材でもいろいろな調理法で作るのがとても楽しいのだ。

材料は夏みかん、ホットケーキミックス、生クリームに卵、砂糖とサラダ油、仕上げ用にはちみつや粉糖。

「家にあるものばかりだからすぐ取りかかれる！」

「おとなしく待ってるよ。楽しみ奪っちゃ悪いから」

「ダメー。皮剥きは手伝ってね」

瑛太くんはやっぱり、と言って笑ったのだった。

二、初夏の味に舌つづみ。夏みかんのケーキ

夏みかんの皮と実の薄皮を剝く。皮はよく洗って、表面の黄色い部分を薄く削り取るように切って細切りにする。皮の裏の白い部分は苦いので使わない。ボウルに卵を入れてよくかき混ぜ、砂糖、サラダ油を少量、生クリームを加えて、滑らかになるまで混ぜる。

ホットケーキミックスを加えて、だまにならないように混ぜ、夏みかんの皮を入れ軽く混ぜ合わせる。この間に、オーブンを二百度に予熱しておく。

パウンド型に出来上がった生地を流し込み、表面に夏みかんの実を隙間なく並べ、オーブンで三十分程度焼く。

オーブンによっては、途中で焦げてしまうことがあるので、様子を見て焦げそうな時はアルミホイルで蓋をするといい。三十分たったら、竹串を刺してなにもついてこなかったら完成だ。

ホットケーキミックスを使うと、粉にベーキングパウダーなどを混ぜる手間が省けるので、簡単に出来上がる。

皮剥(む)きは手際よく、とはいかなかったが大ぶりの実は扱いやすくて、薄皮も綺麗(きれい)に剥(む)けた。

オーブンに入れてしばらくすると、はじめは甘い匂い、次にさわやかな香りが漂ってきて鼻をくすぐる。

「汁気が多かったけど大丈夫かな？」

心配になって何度もオーブンの扉を開けたくなったが、焼き上がるまで我慢した。

三十分たったのでミトンをはめてケーキをオーブンから取り出すと、湯気と共に夏みかんの香りが台所中に広がった。

心配だった汁気の多さは、生地に染み込んでいるようでそのおかげなのか、表面がしっとりしているように見えた。

できあがったケーキは冷蔵庫に入れ一旦冷やし、生地を落ちつかせる。

「おやつの時間には食べられるかな？」

居間に戻ると、瑛太くんはビニール袋に何個かずつ夏みかんを入れて、お裾分(すそわ)けの準備をしていた。

「さすがにいくら二人でもダンボール二箱とか無理だよな」

「そうだね！ ご近所さんにお裾分けだね」

残りの夏みかんは数個お仏壇にお供えし、あとは二人で手分けしてご近所を回って配って歩いた。

おやつの時間を過ぎてそろそろ頃合いかと、冷蔵庫からケーキを取り出す。

「見た目はいい感じ。……どうかな？」

「爽やかな香りだ」

「ハチミツを塗って粉糖を少し、と。できた」

仕上げをして切り分けると、フワッとした部分としっとりとした部分との境目があり、なおさら美味しそうに見えた。

「このケーキにはアールグレイかな？」

そう呟きながら、居間に持って行くと瑛太くんがすでに紅茶を淹れてくれていた。

「アールグレイでよかった？」

「私もそれにしようと思ってたの」

温かい紅茶の香りがケーキの匂いと重なって、おやつの時間を贅沢なティータイムに変えた。

「いただきます」

ケーキにフォークを入れて、まずしっとりとした部分を口に入れると、ほどよい夏みかんの香りと汁気がハチミツを伴って口の中に広がる。ふわふわの部分は刻んで入れた夏みかんの皮が散らばっていてさらに香りが濃い。それを紅茶が引き立て、口の中では幸せのハーモニーが紡がれていた。

「ここの家の紅茶って特別なやつなのか？　色が濃い」

「普通の市販の紅茶だよ。色が濃いのはあれかな。うちが井戸水だからかなぁ」

「なるほど。だからカルキ臭もなかったわけだ。ずっと不思議だったんだよ。風呂とかもニオイしないから」

「裏手の井戸、まだまだ現役だからね」

へぇ、と言いながら瑛太くんは納得したように頷いて紅茶を飲んだ。

ケーキを頬張ってもぐもぐ食べては、紅茶を飲む。それを繰り返す瑛太くんをリスみたいだな、と思いながら見つめていると、首を傾げる仕草がまたそれっぽくて笑ってしまったのだった。

四年目　夏

とうがらしの王様、万願寺(まんがんじ)とうがらしのチヂミ

「辛くない、とうがらしなんだって」

スーパーに並んでいた青とうがらしを買って帰り、瑛太くんに見せた。

とうがらしは成熟するほど辛味が強くなるため、夏の始めに出回るものは辛味が弱いものが多いそうなのだが、私が購入した「万願寺(まんがんじ)とうがらし」という品種は、とうがらしの仲間のなかでも特に辛くないものらしい。

「へぇ、とうがらしって全部辛いのかと思ってた」

「獅子唐(ししとう)とかと仲間なんだよ」

ネットで調べてみると、万願寺とうがらしは、伝統野菜の伏見とうがらしと北米原産のカリフォルニア・ワンダーというピーマンとの自然交雑から生まれたのではないか、と考えられているらしい。

果肉は大きくて厚みがあり、種は少なくピーマンと似た肉質で食べやすい。ピーマンとの大きな違いは形で、とうがらしらしく細長くてヘタのすぐ下の部分がくびれており、その大きさから「とうがらしの王様」とも呼ばれている。

「京野菜なんだって」

夏バテ防止と食欲増進の効果があるとうがらしは、これからくる本格的な夏にうってつけだ。万願寺とうがらしは洗って乾かしてヘタをとり、冷凍用保存袋に入れてから冷凍すれば一ヶ月程度は持つらしいので多めに買ってしまった。

「にしたって、そんなに買わなくても」

「ついつい……珍しくて」

これを使ってなにを作ろうかと考えただけでもウキウキする。

「あ、そろそろバイト行ってくる」

「うん。行ってらっしゃい！　夕飯美味しいの考えておく！」

瑛太くんはアルバイトに出かけていった。

私は台所に買ってきたものをしまいに行って部屋に戻った。

おばあちゃんのレシピノートを開いて、メニューを探す。ぱっと目に入ったのはピーマンのチヂミだった。これを万願寺(まんがんじ)とうがらしで作ったらどうなるだろう。そんなチャレンジを思いついて私の気持ちが弾む。瑛太くんが帰ってきたらホットプレートで焼きながら食べるのもいい。そうしよう！

メニューを早々に決め、作り方をじっくりと読み込んで、頭の中でシミュレーションをする。瑛太くんの笑顔まで想像して勝手に赤くなってしまったのは秘密にしよう。

それから、私は専門学校の受験対策のテキストを開いた。

私の狙う専門学校は調理専門と製菓専門にわかれていて、どちらもかなりの狭き門だった。

というのも、受験者の多くは高校生だが、私のような大学生や社会人、定年後の方々など幅広い年齢層が受験することもあって、毎年の受験者数はかなり多くなるからだ。

だが、自宅から通えて、なおかつそれなりの設備のある学校というと、そこが最適なのだ。とにかく頑張るしかない。

受験は四年ぶりになるが、受験対策テキストを見ると忘れている一般教養が結構ある。新たに気合いを入れ直して挑むしかないと、勉強に集中することにした。


カナカナカナ……、とヒグラシの声が聞こえてハッと顔を上げるともう夕方だった。日が長く明るいのでそんなに暗さは気にならないが、ずっと没頭していたのかと思うと、まだ自分にも集中力が残っていたことに嬉しくなる。

部屋の明かりを付け、とっくにぬるくなってしまったペットボトルの水を飲んで一息つく。

瑛太くんが帰ってくるまでには、まだ二時間近くあった。

キリのいいところまでテキストを進め、夕食の準備をするために立ち上がると腰が軋(きし)む。ついつい楽な格好をしていて、姿勢が悪くなってしまっていたようだ。

「ちゃんと運動もしよ……」

ぽつりと呟いて息を吐き、気持ちを切り替える。

さあ、お風呂を沸かして夕飯を作らなければ。

材料は万願寺とうがらしに油揚げ。天ぷら粉に顆粒のスープの素、コチュジャンに砂糖、ごま油。

材料を並べて確認していると瑛太くんが帰ってきた。

「ただいま」

「お帰りー！」

「汗かいたー！　先、風呂入っていい？」

「うん。お疲れ様！」

台所から瑛太くんを労って、調理に戻る。

まず、万願寺とうがらしは三ミリくらいの厚さに切る。それに合わせて油揚げも細かく刻む。

次に、ボウルに水とスープの素、砂糖を加えてよく混ぜる。そこに天ぷら粉を入れて泡立て器でしっかり混ぜ合わせたら下準備は完了だ。

居間にホットプレートを置いて熱する。

瑛太くんがお風呂から上がって席に着いたのを待って、ホットプレートにごま油をたらし、生地を流し入れて焼く。

周囲が固まってきたら油揚げ、万願寺(まんがんじ)とうがらしの順で表面に散らし、裏面に焼き色がついたら、フライ返しで持ち上げて、ホットプレートにごま油を足してなじませ、生地をひっくり返して裏面も焼く。

ほどよい焼き色がついたら火力を弱め、もう一度ひっくり返し切り分けて器に盛る。好みでコチュジャンや中濃ソースをかけたら出来上がりだ。

「はい。どうぞ」

「ありがとう」

「それではいただきます！　カンパイ！」

瑛太くんはビール、わたしは梅酒のソーダ割りでカンパイをして今日の夕食が始まった。

「んー！　染みる」

「おじさんくさいなぁ」

瑛太くんはビールを飲むと誰だってそうなる、と言い訳をした。ちょっと前までは、苦い、とか言っていたくせに。

笑いながらチヂミに齧り付くと、万願寺とうがらしの弾力のある歯ごたえを感じる。だが確かに辛くはない。

柔らかく甘味があり、取り除かなかった種がいいアクセントになっていた。

「食べやすいな、これ」

「ほんと、青とうがらしの仲間なのに辛くないからどんどん食べられちゃう」

すぐにペロリと一枚を平らげて、次を焼く。今度はさっきよりも万願寺とうがらしの量を増やして焼いてみた。

「コチュジャンが風味を引き立てている感じ」

本当だ。青臭さがやわらぎ、旨みが口の中に広がってゆく。

「辛味がもっと欲しいなら、調味料出すよ」

「大丈夫。それより、こんなとうがらし初めてだからそのまま焼いたのも食べてみたい」

瑛太くんのリクエストで、残っていた万願寺とうがらしを洗って水気を切り、ホットプレートに載せた。チヂミよりもしっかりと焼き目をつけて、かぶりつくと、中からとうがらしの水分がじゅわっと溢れてきてびっくりする。

肉厚なので水分量も多いのか、と思いながら噛む。ピーマンのような食感なのに味はとうがらしに似ているけど辛くない。まったく不思議な感覚だった。

瑛太くんはそれをご飯の上に載せ、鰹節をふり醤油を垂らして食べる。

「お浸しでもいけると思うな、これ」

「保存しようと思ってたくさん買ったけど、こんな風に食べてたらすぐになくなっちゃうね」

そう言って笑いながら、私も瑛太くんの真似をしてごはんの上に焼いた万願寺とうがらしを載せてみたのだった。

四年目　秋

ひとりの夕食

残暑の厳しさも落ち着いてきた。去年はみんなでいただいた鮭を囲んでワイワイと楽しんだこともあったが、今年はそんな余裕はなく、次に集まるのは比較的、時間が取れそうな年末までお預け、といったところだ。

私は就職活動中の麻子よりは時間があるので、日々の生活のペースを変えずに過ごしているものの、秋もなかばを過ぎるとだんだん焦ってくる。

瑛太くんは連日バイトとレポートと論文で頭を悩ませているし、愁さんも博士号を取るための勉強で、瑛太くんと似たようなものだ。私も課題をこなしつつ、専門学校の受験の準備をしてはいる。……要は落ち着かないのだ。

「私の場合、急いでもどうにかなるものじゃないしなぁ」

ということで、今日も台所に立っているのだった。

作った物にラップをかける。これなら冷めても温め直せば、美味しく食べられるだろう。

「久しぶりの一人の夕食かぁ……いただきます」

今日の夕飯は、鮭とポテトのチーズ焼きだ。チーズの旨みが鮭とじゃがいもにからんで、塩気がちょうどいい。

ご飯を食べてまた一口、鮭を頬張る。じゃがいものホクホク感もたまらない。

「美味しぃー！　チーズがたまらない」

簡単にできるこのメニューは、夜食にも向いている気がする。もう少し濃いめの味付けにして、ご飯に直接載せて丼にしてもいいだろう。

食べ終えて食器を片付けながら、口の中で味を反芻すると幸せがまた戻ってくる。

「んー、ほんと自分で作って食べるのって幸せ」

なのだけれども、今日のご飯には少し物足りなさを感じていた。

美味しかったし、失敗したわけでもないのになにかが物足りないのだ。

片付けを終えて部屋に戻り、やりかけだった試験対策のテキストを再度開いて、勉強を始めるが、違和感が拭えない。

「……なにか違う」

勉強する手も止まってしまって、おばあちゃんのレシピノートを開いて眺めたりしながら、ぼんやりと違和感の理由を考える。

いよいよ考えが煮詰まってきた頃に、玄関から声がした。

「ただいまー！」

「おかえり」

反射的に大きな声で返して部屋を飛び出すと、玄関に向かった。

「ふー、ただいま。お腹すいた！　ご飯なに？」

「鮭とポテトのチーズ焼きだよ。温めるから手を洗ってきて」

「うん」

チーズ焼きは電子レンジで加熱して、汁物は火にかける。ご飯をよそいお盆に載せて居間に運ぶと、ちょうど瑛太くんが座ったところだった。

「わ、うまそう」

「そういえば、今年も鮭が大漁だってニュースで言ってたよ」

「へえ、またやりたいよな、鮭の宴(うたげ)」

手を合わせて瑛太くんは食事を始めた。

私は二人分のお茶を淹(い)れながら、ふと気づく。

あれ？　違和感、どっかいっちゃった？　モヤモヤしたあの感じが、瑛太くんを前にすると消えてしまっていた。

「……なんだ、そっか」

「どうした？」

「ううん、なんでも。今日、早かったね。待ってればよかった」

そうだ。待っていれば二人で食べられたんだ。モヤモヤの正体はこれだったんだ。

それは一人でする食事の淋しさだったんだ。

「日曜、バイト休みになったからさ、いろいろ買い物しとこうかと思うんだけど」

お茶を出すと瑛太くんがこっちを見ながらそう言った。

「本当？　久しぶりに二人で出かけられるね！」

「そうだな。久しぶりのデートだな」

「あ！　うん！」

瑛太くんが屈託(くったく)のない笑顔で私を真っ直ぐに見ていて嬉しくなった。

デートも楽しみだけれども、今こうやって二人でいる時間が愛おしくて、楽しくて……あったかい。

「楽しみだなぁ」

「私も」

笑顔のある食卓。

それが私にとって今、一番必要で大切なものなんだって気がついてしまった。

この幸せをもっと膨(ふく)らませるためにも、私は専門学校の受験を頑張らなければならないと改めて思う。

私は、こんな笑顔の溢(あふ)れる料理をみんなに届けたい、と強く心に刻んだ。

「なんか、やる気出てきた！」

「え？　どうした？」

「そろそろ本腰入れないとなぁ、もうすぐ試験だし頑張らないと、と思って」

「頑張れ！」

「精一杯やるよ！」

私は意気込んでみる。頷きながら二杯めのお茶を笑って差し出した。

四年目　冬

一、待つ時間と好物

試験結果を待つ時間が長く感じられる。今月の末には結果が届く。毎日、あの問題が解けなかった、あそこは間違ったかもしれない、でも配点の高いところは完璧だ、などと一喜一憂している私を、瑛太くんは笑顔で励ましてくれていた。

「心、ここにあらず……だな」

私の頭を瑛太くんはヨシヨシと撫でながら言う。

「今年の受験者数多いんだもの……」

今年の受験者数は去年の二倍強という具合で、不安が拭えずにいた。

「はぁ、自信ない」

「そんなすみかにプレゼント」

「うん？」

「とれたての白菜です！」

「白菜‼」

私は白菜が好きだ。煮ても焼いても漬けものにしても美味しい。そんな白菜の多様性、そして無限の可能性が私を虜にしているのだ。そして栄養もあり満足感も味わえるのにローカロリー！　これは大切なことである

白菜の旬は十一月から二月。霜が降りることで甘みが増して柔らかくなる。

美味しいのは、緑の外葉がついたままで先端がしっかり閉じているもの。カットしてある白菜の場合は切り口が膨らんでいないものが新鮮な証拠。ただ、旬の時期以外の季節に出回っているものは栽培に農薬が使われているものが多いので外葉を一枚捨てて、内側も一枚ずつ流水で洗ったほうがいい。

「旬の白菜！　無農薬！」

「うちの実家の採れたて。朝イチの直送便でさっき届いたよ」

途端に瞳を輝かせる私に、瑛太くんが苦笑いで白菜をダンボールから取り出して渡

してくれる。新聞紙に丁寧に包まれたそれはズッシリと重く、紙ごしにもみずみずしく感じられるものだった。

「まだ固いかもって」

「でも、煮れば大丈夫。それにしても大きいねぇ！　素敵！」

私の中で今日のメニューはすぐに決まった。大きな葉を生かして食べられるロール白菜！　これに決定だ。

二、笑顔になれる、ロール白菜

ロール白菜はキャベツと違って、とても巻きやすい！　そしてボリュームたっぷりなのにあっさりとしている私の好きなメニューである。

おばあちゃんのレシピノートで見つけ、作ってみたらあまりの美味しさに文字通り小躍りしてしまうくらいだったのだ。

味付けも洋風、和風に中華、なんでもいけるから、おばあちゃんは白菜の出回る時期になると味付けを変え、タネに入れる食材を変えたりしてよく作っていたようだ。

レシピノートに載っているタネの種類の豊富さでそれがよくわかる。普通だったら取り除いてしまう芯も細かく刻んで具として中に入れてしまう。すると芯の歯ごたえがいいアクセントになって白菜を丸ごと余すことなく使えるところもいい。

「今日は和風の気分かな！」

すっかり立ち直り、ワクワクしながら料理に取り掛かる私を、瑛太くんが笑いながら見ていた。

材料は白菜の大きな葉の部分。それにタネとして合いびき肉、玉ネギのみじん切り、パン粉、塩、コショウ、牛乳にナツメグ。そしてスープの材料は水、固形スープの素。調味料は酒、みりん、醤油(しょうゆ)、塩コショウだ。

まずは下準備。熱湯で白菜をゆでて、水気を切って冷ましておく。

白い芯の固い部分は削ぎ切りにして他と厚みが均一になるようにする。

ボウルにタネの材料と削いで細かく刻んだ白菜の芯を入れて混ぜ合わせる。そして、同じ大きさに丸めたら、白菜の葉の白い芯のほうを手前にして広げ、タネをのせてくるくると巻き込む。巻き終わったら端は、つま楊子(ようじ)で留めておく。

鍋に白菜ロールを並べて入れる。その際、隙間がないように入れると、ロールが動かずじっくりと火が通る。白菜ロールがしっかり浸かる量の水と固形スープの素と調味料を加えて強火にかける。煮立ったら蓋(ふた)をして弱火で二十分くらい煮込む。

火が通ったらスープの味をみて、塩コショウ、醬油(しょうゆ)で味を調(ととの)えて出来上がりだ。

「できたー!」

「お、綺麗(きれい)な仕上がりだなぁ」

瑛太くんが料理を覗(のぞ)き込みながら笑う。すっかり気分を持ち直した私を笑っているのはわかったけど、好物を前に機嫌がよくならないはずがないのだ!

夢中で料理していて時間を気にしてはいなかったが、居間の時計を見るともう夕方の四時半だった。

「早いけど、夕飯にしようか?」

「うん。その匂いには俺も勝てないな」

二人で料理を運んで、居間のテーブルに並べてからおばあちゃんにも旬をお裾分(すそわ)け。

それから同時に声を上げた。

「いただきます！」

ふっくらとした仕上がりの白菜ロールに箸を入れると中から肉汁が溢れてくる。まずはそのままかじると、じゅわぁっとした汁に含まれる白菜の旨味がふわっと口の中に広がった。肉にもスープの旨味がしっかりと移っていて、白菜とタネの一体感に思わず笑みがこぼれる。

「ふぁ……、甘みと塩味のバランス最高」

まるでふかふかしたベッドに包まれているような感じ、とでも言うのだろうか。

「白菜はキャベツよりも縦に長い分、巻きやすいんだよね。ふっくらとした厚みのある俵型になって、本当にスープがよくしみこんでくれるの」

今日は和風なのでさっぱりめの味付けだが、ちょい足しを思いついて、柚子胡椒を持ってきた。

「あ、俺にも。ちょうだい」

「さっぱりめだから合うと思うんだよね」

柚子胡椒を載せると、ふわっと柚子の香りがした後にピリッと唐辛子の辛味が白菜の甘みを引き立ててくれて、さらに旨味が増したように感じる。

「はあ、満足。新鮮な白菜は天使だよね」

「天使ときたか」

「そう天使だよ！　漬物に白菜のミルフィーユ鍋。それに、水炊(た)きにもできるし、野菜しゃぶしゃぶ、中華丼……あとシチュー！」

「しばらくは白菜料理が続くわけか」

瑛太くんはほぼ呆(あき)れながらも、楽しみだな、と笑ってくれた。

その笑みに私もまたつられて笑い、憂鬱(ゆううつ)な気分はいつの間にかどこかにいってしまっていたのだった。

三、それぞれの進路

「これでみんな進路決まったね！　お祝いだね！」

「野木ちゃんも就職内定おめでとう！」

「伊織くん、ありがとう。苦労した、しんどかったよぉ!!」

「みんな、頑張りました」

四人で集まるのは本当に久しぶりだった。

瑛太くんが真っ先に進路を決めて、私が専門学校の合格通知をもらったあとに愁さんが博士号を取り、最後に麻子の就職先がようやく決まった。

四人とも頑張ったので、今日はとにかくお祝いをしようと集まったのだ。

それぞれが、自分の目標に向かって努力した結果が出て、満足していた。

「ひーん! 私、就職できないかと不安だったよー!」

「麻子が一番キツかったと思うよ……本当にお疲れ様」

「すみか〜! ありがとう!!」

麻子はボロ泣きだ。希望職種を諦(あきら)めずに自分の実力で勝ち取ったのだから、本当に凄(すご)い。

「みんな頑張ったよ。俺は研究を重ねて、いつもと同じことをしてただけだからなぁ」

「愁さんは日頃の努力が凄(すご)いんだと思うんだけど」

「そうかな? 瑛太は面接で席まで歩く時、両手足同時に出てたらしいけど、よかったねぇ」

「……なんで、知ってるんですか」

みんな、頑張った。

本当にこの一言に尽きる。それを労うための宴だ。今日はとにかく自分達を褒めてあげよう。めずらしく力を入れたのは「飲み物」だった。

「私、やってみたかったの！　オリジナルカクテル！　じゃーん！　初めは定番ミモザです！」

「では、乾杯！」

「カンパーイ!!」

ミモザはシャンパンにオレンジジュースを混ぜた、色鮮やかな一杯。黄色いミモザの花の色に似ているところから、そう呼ばれるようになったようだ。

飲み口は本当にジュースだ。シャンパンの優しい炭酸の風味が口当たりよく、いくらでも飲めそうになる。

「あ、お店で飲むより好み。分量が調節できるからかな？」

「おうちカクテルは、好みで割合を調節できていいねぇ！」

きゃっきゃと盛り上がる私と麻子をよそに、男性陣はそれぞれ好みの酒を酌み交わしている。瑛太くんは日本酒を何本も用意していたし、愁さんは焼酎を持ってきていた。

「へぇ、日本酒なのにこれはぐいぐいいけるね」

「愁さんが持ってきたこの芋焼酎も、凄く飲みやすくていけますね」

二人は日本酒と焼酎を交互に飲んでいた。今夜は潰れるな、と苦笑いしながら見ていると、麻子がオススメのカクテルを作ってくれる。

「ねえ。これ！　エメラルドスプリッツァーっていうの」

「綺麗な緑！」

マスカットが原料のリキュールに、白ワイン、炭酸水、それにメロンリキュールを使用したカクテルは、飲み口のよい炭酸に、マスカットのみずみずしさと、白ワインの酸味が心地よい一杯だ。メロンリキュールは色付けのため少量しか入れないのでメロンの味はしない。

「はぁー、美味しい……」

「じゃあ、私から……というか、おばあちゃんのレシピにあったとっておきの！」

「おばあちゃんて、カクテルのレシピまで残してたの？　楽しみ！」

おばあちゃんのレシピノートにあったのはシャンパン、イチゴ、レモン汁、ハチミツという、いたってシンプルな材料で作るカクテルだ。

「昔ながらの、シャンパンカクテル！　素敵！」

「うん！　おじいちゃんとたまに飲んでたみたいなの」

これはみんなで飲みたいと四人分を作る。

「おじいちゃん達、オシャレだね」

「シンプルなのがまたいいね」

改めて四人で、グラスを軽く合わせてから口に運んだ。

甘くて飲みやすく、喉を通ってイチゴの香りが優しく広がっていく。スッキリした飲み口はレモンのおかげだ。ハチミツの自然な甘さで、シャンパンの華やかさがより輝くようだった。

「ん〜！　イチゴも美味しい。見た目も味も、最後まで楽しめる！」

麻子は気に入ったみたいで、もう一杯欲しいとリクエストされた。今度は二人分作ってゆっくりと楽しむ。

「すみかのおばあちゃんってさ」

「うん？」

「見通す力があった人なのかなぁ」

「どうして？」

「すみかがレシピノートを見つけるのを、見越してた感じがする」

「私が見つけるのを見越して？」

「どのメニューもさ、それを作った人や食べた人が幸せになれるじゃない？　それって、自分のことだけじゃなくて人を、他人を大切に思ってないとできないことだって思うから」

　麻子の言葉に、思わず泣きそうになった。

　そうなのだ。困った時、疲れた時、おばあちゃんがまるで私を助けようとしてくれているかのようなレシピがノートにあって、それに救われたり、勇気をもらったりしている。ずっとおばあちゃんが側で支えてくれているかのような、そこにいてくれるようなそんなレシピ達なのだ。

「私、おばあちゃんが残したかったものって、レシピそのものだけじゃないって思ってるの」

麻子だけでなく、瑛太くんも愁さんもじっと私の言葉を聞いてくれていた。

「料理の楽しさだけじゃなくて、優しさとか、人と向き合うことの大事さとか、それを口にする人への思いとか、感謝とか……うまく言えないのだけど、生きていく上でとっても大切なことを伝えてくれているって、そう思うの。人として、相手を思うことの重要さとか凄(すご)く感じるの」

そう言うと、瑛太くんは私の頭を優しく撫(な)でてくれた。

「おばあちゃんの想いだけじゃなくて、すみかの思いも混じって、次に伝わるんだろうな」

「……だと、いいな」

涙目になりながら笑うと、麻子まで泣き出してしまっていた。ぎゅうっと、抱きしめられて私の目からも涙がこぼれる。

「嬉しい涙ってあったかいんだねぇ。私、これからも、頑張れる気がする」

そういう私を瑛太くんも愁さんも優しい瞳で見ていて、麻子も嬉しそうに頷(うなず)いていた。

おばあちゃんからもらったレシピは本当に大切なことだらけで、大きくて広くて、そしてあったかい。改めてそう感じる。

私は、大事なものを、本当に必要なものを見つけたんだ。

ありがとう、おばあちゃん。

おばあちゃんが贈ってくれたものをこれからも大切にしたいと改めて感じたのだった。

四、パイナップルきんとんの甘い罠

おせち料理もなくなって、なんとなく口寂しくなり、食べ足りなくなって作ろうと思ったのがきんとんだった。

定番の栗きんとんは甘くて美味しいのだけれども、もう少しさっぱりしたものが欲しくなって、台所を漁る。

　おもむろに出てきたのはパイナップルの缶詰だ。

「あ、そうだ」

　おせち料理を作った時に、栗きんとんのレシピを見るとそこには、子供向けのきんとんとして、おばあちゃんがパイナップルを使ったきんとんのレシピを残してくれていた。

　書き込みを見るに、母や伯母は甘すぎるきんとんが苦手だったらしい。

　確かに栗きんとんは甘くても、やはり大人の味だと思う。子供の頃は私もそんなに食べなかったような記憶がある。

「これ、ちょうど材料も揃ってるし作ろう」

　私はウキウキしながらパイナップルきんとん作りにとりかかったのだった。

　材料はさつまいも、缶詰めのパイナップル、そのシロップ、バターに塩、砂糖である。

　さつまいもは皮を厚めに剥(む)いて、一センチの幅の輪切りにしたあと、水にさらしてアクをぬく。

さつまいもを鍋に入れ、水をヒタヒタぐらいに入れて火にかける。沸騰したら、竹串がスッと入るぐらいの柔らかさになるまで、十分程度茹でる。

茹で上がったら湯を捨て、砂糖と水カップ半分強を加えて潰す。マッシャーがない場合は、大きめのフォークを使うと良い。

バター、塩、パイナップル缶のシロップを加えてさらに潰したら、中火にかけて、へらなどで混ぜながら水けをとばす。火にかけている間に、だんだんねっとりとしてくるので、好みの感じになったら火から下ろす。最後に缶詰のパイナップルを八つ切りにして混ぜ合わせたら出来上がり。

パイナップル缶のシロップは、さつまいもの色止めになると同時に、さわやかな酸味も加えられて、きんとんのイメージも一新。器に盛って、彩りに庭の南天の葉を添えてみた。出来上がったものをさっそくひと匙すくって口に入れると、さつまいものまろやかさにパイナップルの酸味がとてもよく絡み美味しい。

作り方も簡単なので、思い立ってすぐおやつに作ることもできる。

「砂糖をもうちょっと加えてタルトにしても美味しそう」

鍋からタッパーに移し入れて、冷蔵庫で冷やす。

鍋についたパイナップルきんとんをヘラで集めて、行儀が悪いと思ったのだが、ペロリと舐めた。

うん、美味しい。夕飯の時に出そうと思いながら鍋を洗い振り返ると、台所の入り口で瑛太くんがニヤニヤしながら立っていた。

「い、いつからいたの⁉」

「んー？　ヘラで鍋についてるのを集めてる時からかな」

「やだ！　声かけてよ！」

「いや、かわいいなぁって思って」

私をからかう瑛太くんは実に楽しそうだ。

こうなってしまうと、反抗も諦めるしかなくて、私は顔を真っ赤にしながら瑛太くんを少し睨んだ。

「もういろいろなことが落ち着いただろうから、大きな神社にお参り行こうかなって誘いに来たんだけど、すみかはヘラ舐めてるほうが幸せそうだね」

「あー！　もう‼　行く！　行くから、ちょっと待っててよ！」

エプロンを外してバタバタと自室に駆け込んだ。

最近の瑛太くんは私のからかい方が上手くなって！　本当にずるい。

「もう！　私ばっかり恥(は)ずかしいところ見せてる気がする！」

せめて外では気をつけなければ！　と気を張って、コートを着込み玄関に急いだのだった。

五、笑顔になれるおばあちゃんのレシピ

節分を過ぎれば特に大学の用事はなくなる。

——試験くらいしか。

というわけで卒業試験と卒論執筆に日夜追われている状況である。

「なんでうちの大学って日程詰め込みタイプなんだろうな」

「普段のほほんとしてるからねぇ」

二人とも最初は自室にこもって黙々(もくもく)と勉強を続けていたものの、早々に挫折し自然と居間で一緒に各々の作業を行(おこな)っていた。

こたつに入りながらも、みかんに手が伸びないのはそれだけ手こずっている証拠である。

「俺は卒論終わってるけど、試験勉強が……進まねぇ」

「私は試験は持ち込み可だからセーフ！　だけど卒論が間に合うかな。ね？」

「間に合うか、じゃねぇ……間に合わせるもんなの！」

瑛太くんの激励に、必死にノートパソコンのキーボードを叩くしかなかった。

「うう、もうこんな時間になっちゃってる。今日は出前でも取ろうか？　コンビニ行く時間ももったいない」

私がそう言うと、瑛太くんが立ち上がって「俺が作る」と言い放った。

「え？」

「ん、俺のほうがまだ余裕があるし……やってみたいのあるんだよ」

「じゃあ、任せるけど、大丈夫？」

難しいものじゃないから、と瑛太くんは台所に向かった。私は少し不安に思ったものの、それどころではない状況なので卒論の作業を再開することにした。

「できたぞー」

「はーい」

しばらくして瑛太くんが声をかけてくれた。台所のほうからいい匂いが漂ってきて、私のお腹を鳴らした。

「いい匂いだね」

「うん。作ってて俺も腹が鳴ったよ」

「わぁ！　あったかいそうめん？」

「昨日の刺身の残りの鯛で作ったそうめん。作ってみたかったんだよな、これ」

箸を受け取って、瑛太くんを見ると瞳がキラキラと輝いていて思わず笑ってしまった。

「どうかした？」

「いや、なんでもないけど」

二人で手を合わせて、いただきます、と声を合わせた。

「汁がほんのり甘い～！　この汁好き」

「ホントいい香りだよな」

優しい出汁の香りが、ささくれ立っていた心を鎮めるように、部屋の空気を一変させていた。

「鯛、硬くなってない？」

「大丈夫、柔らかいし、味がしみてて美味しい！」

瑛太くんが私の顔ばかりをを見ていて、箸が進んでいないので、伸びる前にと声をかけると、瑛太くんは慌ててそうめんをすする。

「これって、おばあちゃんのレシピだよね？」

「うん。前に見せてもらった時に気になってレシピを写真で撮っておいたんだ」

あったかくて優しい味だね、と笑う。

「……ああ、そうか。こんな顔してるんだ」

「なにが？」

「すみかが料理を作った時、俺はきっと今のすみかのような顔をしながら、笑って食べてたんだろうなって」

「そうだよ。とても眩しい笑顔で美味しいと言われちゃうとね、嬉しくなるよ」

「すみかのおばあちゃんのレシピノートは凄いと思ってはいたけれどさ、本当の意味で凄いのは食べた人を笑顔にできるだけじゃなくて、作った本人も幸せな気分になれることだよな」

そうなのだ。私はそれを感じて、もっと料理の勉強をしたいと思ったのだ。

「ごちそうさまでした！」

「おう」

いつもとは逆の立場になったことに少し恥ずかしい気持ちがあるのか、瑛太くんが照れている。

「じゃ、もうひと踏ん張りだな」

「えー、洗い物は私がするよ」

「片付けまでが料理だって書いてあったし、それ以前にすみかはタイピング遅いんだから、卒論頑張れよ」

「うっ……たしかにタイピングは遅いけど！」

ちょっとからかってから、瑛太くんは器を持って立ち上がり、ふたたび台所に戻って洗い物を始めた。

六、卒業式

無事に卒業式を迎えた今日、卒業証書を手に教室やゼミ室、校門などでたくさん写真を撮った。大切な思い出はスマホのアプリを使ってオリジナル写真集にする予定である。

今日着たのは、おばあちゃんが残してくれていた着物だ。

四年前、おばあちゃんが他界したあと、荷物整理中に柄が気に入って譲ってもらった大好きな着物に袴を穿いた。

やさしいピンク色にローズピンクの雲取りがされた綸子地の着物は、水色と黒の鹿の子絞りの柄に橘の花が描かれていて華やかだ。

袴下帯は水色の唐花模様の可愛いアンティークの物を古着屋さんで見つけた。

袴は帯よりも濃い水色を選んで、着物が派手な分シンプルに無地にした。足袋かブーツか悩んで、結局はブーツになった。

美容院で髪をセットして出てきた私に母は改めて「本当に若い頃のお母さんにそっくりだわ」と言った。

おばあちゃんと似ていると言われた私は、照れながらも嬉しい気持ちで卒業式に出席した。

式は粛々(しゅくしゅく)と進み、終われば大学の構内はお祭り騒ぎである。

家族とはまた後日にお祝いすることになっていたので、麻子といろんなところで人に会い、記念写真を撮り周っている。

「あーいた、いた！」

「瑛太くん？　どうしたの？」

瑛太くんはすでにスーツを着崩して、なにかを配って歩いていた。

「これ、謝恩会に出席してくれる先生方の名簿」

「ありがとう」

「大変だねぇ、ご苦労さま」

「ほんと、院に残る俺が謝恩会幹事っておかしくない？」

「クジ運悪かっただけでしょ。ね、すみか」

麻子が瑛太くんをからかうものだから、私はすかさずフォローする。

「あぁでも、一番初めに引いてそれを当てたから、実は凄い運がいいのかもよ？」

ちょっと不貞腐れたような顔で瑛太くんは時間の打ち合わせをして、またプリント配りに戻って行く。

「あ、二人とも手伝ってくれてサンキューな。二次会、楽しみにしてるー！」

謝恩会の準備は私も麻子も少し手伝っているので大変さはよくわかった。ちなみに、二次会の幹事は麻子が引き受けていた。

「私、ろくな手伝いできなくてごめんねぇ」

「いや、すみかの用意した謝恩会の招待状、可愛くって好評みたいだよ」

「なら、嬉しいなー！」

そうして、謝恩会、二次会と進み、男子はなんと四次会までしたらしい。

明け方に帰ってきた瑛太くんはヨレヨレでスーツの上着を廊下に投げて、そのままベッドに倒れこんだようだった。

「どれだけ飲んだのか聞くの怖いなぁ」

二日酔いで起きてくるのを想像すると笑ってしまいそうになるが、静かに寝かせてあげようと、そっと部屋を覗いただけで済ませた。

昼過ぎに、のそのそと瑛太くんが起きてきて、頭を押さえながら水を求めて台所に現れた。

「おはよう。おそようかな？」

「おはよう……頭いてぇ」

「男子、四次会までしたんだって？　お疲れ様」

「んー、なんか最後のほうはほとんど覚えてない」

水を飲みながら、それなに？　と私の手元にある鍋の中身を聞いてきた瑛太くんはまだぼんやりとしていて、寝癖も凄い。

「お腹に優しいお粥だよ。お風呂入ってきたら？　その間に用意しておくから」

素直にのそのそとお風呂に行く姿を笑って見送りながら土鍋を開けた。

「土鍋のお粥って贅沢よね」

薬味にする生姜の千切り、ネギ、梅干し、佃煮などを用意して、鍋ごと居間へ運んだ。

すっかり準備ができた頃にサッパリした瑛太くんが戻って来た。座ったところでお粥を出すと、はー、とため意をついた。

「やっぱり落ち着くなぁ」

「なんか、おじいさんぽい台詞」

「ん、いやさ、家庭持ってるってこういう感じなのかなとか思ったんだよ」

「それは、一緒に暮らしてたらそうなるんじゃない？」

それはそれ、これはこれ、と言いながら二人で食事を始める。瑛太くんには朝ごはん。私には遅めの昼ごはんになった。

今日のお粥はいい出来上がりで、二日酔いでもおかわりできそうな軽さがあり、なおかつ体が温まる重みもバランスよくあった。やっぱり土鍋で炊いただけあって米の甘みが凄く出ているように思う。

それに好きな薬味を載せて食べると、じんわりと胃に染み入るようだった。

私の好みは生姜に梅干しだ。一方瑛太くんは全部載せが好きだ。

「おかわり、いる？」

「ん、食べたいけどやめとく。腹八分目」

ふぅ、とため息をついてから、瑛太くんは大欠伸をした。

「さて、卒業行事も終わったし、あとはこっちの予定だよな」

「うん？　なにかあったっけ？」

「親同士の顔合わせ」

「……あ」

「卒業祝いと一緒にさせろって、ウチの親は言うんだけどさ、すみかの家はどんな感じ？」

「お母さんはどーんとしてたけどお父さんがそわそわしてたかなぁ。何度も集まるのも大変だし一緒でいいよね」

「和食の店とか予約してみるかぁ」

「あ、だったら、駅裏に美味しい店があるって聞いたよ」

調べてみる、と部屋にスマホを取りに行った瑛太くんを見送って片付けを始める。

……顔合わせかぁ。

「あ、ダメ。ドキドキしてきたー！」

私の顔はたぶん真っ赤になっているのだろう。耳まで熱い！　お互いの親にはそれぞれ何度も会ってはいるが、親同士は卒業式でちょっと挨拶しただけだ。緊張する！しないほうがおかしい！　あくまで、まだ顔合わせ！　婚約とかじゃなくて、ご挨拶！　そう自分に言い聞かせながら、片付けていても水道の水が冷たく感じない程には緊張してしまっていた。今からこんなじゃ当日、身が持つかどうか。

「予約取れたぞー」

瑛太くんの言葉に、さらにガチガチになってしまっていた。

「今から緊張してどうすんの」

おかしそうに笑う瑛太くんを涙目で睨んでみるも、今度は噴き出す始末。

笑えばいいよ！　もう！

終話　レシピノートからもらったもの

両親同士の顔合わせの会は和やかなものになった。別段、反対されていたものでもないし、区切りのいいところで会っておきましょう、的な軽いものだからかもしれない。

瑛太くんを筆頭に男性陣は釣りの話に夢中だったし、私達女性陣は井戸端会議のような会話で盛り上がった。

緊張はしていたが、始まってしまえば特になにも問題なく、顔合わせはつつがなく終了する。

「もっと緊張してガチガチになるかと……」

「うーん。今回はとりあえずの、ってことだし、そういう時期が来たら、正式な結納をするわけだしな。にしても、お互い両親が理解あってよかったなぁ」

「ウチはまぁ、高校卒業したらほぼ大人扱いだったし。一軒家でいきなり一人暮らしさせるような親だし」

「あー、うちもハタチ超えたら急に態度変わったっていうか、大人扱いだったな。家賃自分で払えるよね？　って言われて焦った」

顔合わせの翌日。瑛太くんにお茶を出しながら、顔合わせの反省会をしていると、玄関のインターフォンが鳴った。

「俺が出る。はーい」

「来たよー!!」

声でわかった。訪ねてきたのは麻子と愁さんだ。今日はみんなでタコ焼きパーティ、略してタコパの予定なのだ。

「いらっしゃーい」

「ねぇねぇ！　来る途中で焼き芋の移動販売にあってさ。もう今季は最後だからってオマケしてもらっちゃった。おやつにしよ！」

「おっきな焼き芋！　お茶淹(い)れるね」

たこ焼き前に大丈夫か？　という瑛太くんの声は笑いまじりだったが、甘く香ばしい香りが私の胃袋を刺激して堪(たま)らないのだから仕方ない。

「瑛太、これ友人の使ってた書籍とテキスト類持ってきた」

「愁さん、マジで？　ありがたいです！」

「院生は四月からすぐ実践的に始まるからね。忙しくなるよ」

和やかだ。私を、私達を取り巻く雰囲気や環境はとても和やかだ。

それは日々の積み重ねの上に成り立っているからだろう。

おばあちゃんのレシピノートに出会ってからはとても楽しい日々だ。

料理を通して、人は毎日を大切に丁寧に暮らすことが大事だと教えられた。

特に日々の食事は栄養や生きるためだけではなく、他人との関わり、コミュニケーションを築くためにも必要なものであることを知った。

誰かのために作る料理は自分も含め周りの人間の心も豊かにしてくれる。私はそれをおばあちゃんから受け継いだレシピを通して知ったのだ。

料理が私の生活に潤（うるお）いと幸せを与えてくれる。助けてくれる。……おばあちゃんが見守ってくれている。

私にはそう思えてならない。

今まで作ってきた料理は、なんのためのものか？　誰のためのものか？　答えはまだ出ない。たぶん一生かかっても出ないのだろう。

だけど、私が受け取ったものは果てしなく大きくて、たくさんあって、なによりも温かく心地よいものだった。

それは、なににも代え難いシロモノだ。

おばあちゃんのレシピノートに出会っていなければ今の私はここにはいない。

そう確信できるなにかが今の私の中にはあった。

だからこれからも私は料理を作り続けてゆくと確信できる。

誰かを、大切な人達を笑顔にできるようなそんな料理をたくさん。おばあちゃんのレシピノートに助けられながら作ってゆく。


今、瑛太くんや友人や周りの人のために私ができることはやっぱり、料理を作り、それを食べてもらうことなのだ。

だから、私は作り続けていきたい。

残していきたい。

一生懸命伝えていきたい。

愛情や願い、ありったけの想いを伝えたい。

私は料理を通してそれらを伝えたいと思った。なによりも身近だけれども、とても難しい方法だ。それでも、それを選ばずにはいられなかったのだ。

ちょうど今日で、レシピノートを見つけて五年目になる。節目の日だ。

まだまだ未熟（みじゅく）な私だけれど、いつかこの先の未来で、いつか産まれる私の子供や孫達がこの素晴らしいレシピ達を受け継いでくれたならば、嬉しいと思う。

できれば一つ一つを大切にしてもらいたい。

私はまだまだこれからも、おばあちゃんに助けられるのだろうと思うけれど、いつか次に繋げてゆけたらいいと思う。

みんなが優しくて、みんなが幸せであってほしいとそう強く願った。

沖田弥子 Yako Okita

みちのく銀山温泉

あやかしお宿の若女将になりました

暖簾の向こう側は

あやかしたちがくつろぐ秘湯!?

祖父の実家である、銀山温泉の宿「花湯屋」で働くことになった、花野優香。大正ロマン溢れるその宿で待ち構えていたのは、なんと手のひらサイズの小鬼たち。驚く優香に衝撃の事実を告げたのは従業員兼、神の使いでもある圭史郎。彼いわく、ここは代々当主が、あやかしをもてなしてきた宿らしい!?　さらには「あやかし使い」末裔の若女将となることを頼まれて——訳ありのあやかしたちのために新米若女将が大奮闘!　心温まるお宿ファンタジー。

◉定価:本体640円+税　◉ISBN:978-4-434-26148-0

◉Illustration:乃希

鎌倉であやかしの使い走りやってます

葉嶋ナノハ
Nanoha Hashima

今日も、もののけ怪たちが厄介事を押し付けてくる!?

父親の経営する人力車の会社でバイトをしている、大学生の真。二十歳の誕生日を境に、妖怪が見えるようになってしまった彼は「おつかいモノ」として、あやかしたちに様々な頼まれごとをされるようになる。曖昧で厄介な案件ばかりを押し付けてくる彼らに、真は振り回されっぱなし。何かと彼を心配し構ってくる先輩の風吹も、実は大天狗！　結局、今日も真はあやかしたちのために人力車を走らせる——

◉定価：本体640円+税　◉ISBN:978-4-434-27041-3

◉Illustration：夢咲ミル

あやかし狐に憑かれているんですけど

九つ憑き

コノツキ

上野そら

Uwano Sora

前々々々々々々世から憑かれていたようです

何かとツイていない大学生の加納九重は、ひょんなことから土屋霊能事務所を訪れる。そこで所長の土屋は、九重が不運なのは九尾の狐に憑かれているせいであり、憑かれた前世の記憶を思い出し、金さえ払えば自分が祓ってやると申し出た。九重は不審に思うが、結局は事務所でアルバイトをすることに。次第に前世の記憶を取り戻す九重だったが、そこには九尾の狐との因縁が隠されていた——

◎定価：本体640円＋税　◎ISBN:978-4-434-27048-2

◎Illustration：Nagu

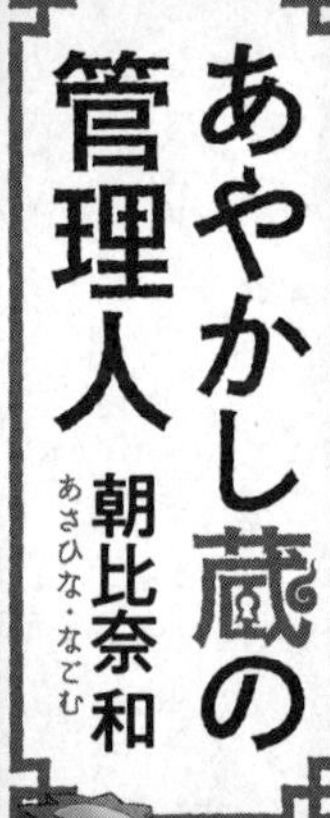

居候先の古びた屋敷は

あやかし達の憩いの場!?

突然両親が海外に旅立ち、一人日本に残った高校生の小日向蒼真は、結月清人という作家のもとで居候をすることになった。結月の住む古びた屋敷に引越したその日の晩、蒼真はいきなり愛らしい小鬼と出会う。実は、結月邸の庭にはあやかしの世界に繋がる蔵があり、結月はそこの管理人だったのだ。その日を境に、蒼真の周りに集まりだした人懐こい妖怪達。だが不思議なことに、妖怪達は幼いころの蒼真のことをよく知っているようだった——

◎各定価：本体640円+税　◎Illustration：neyagi

全3巻好評発売中!

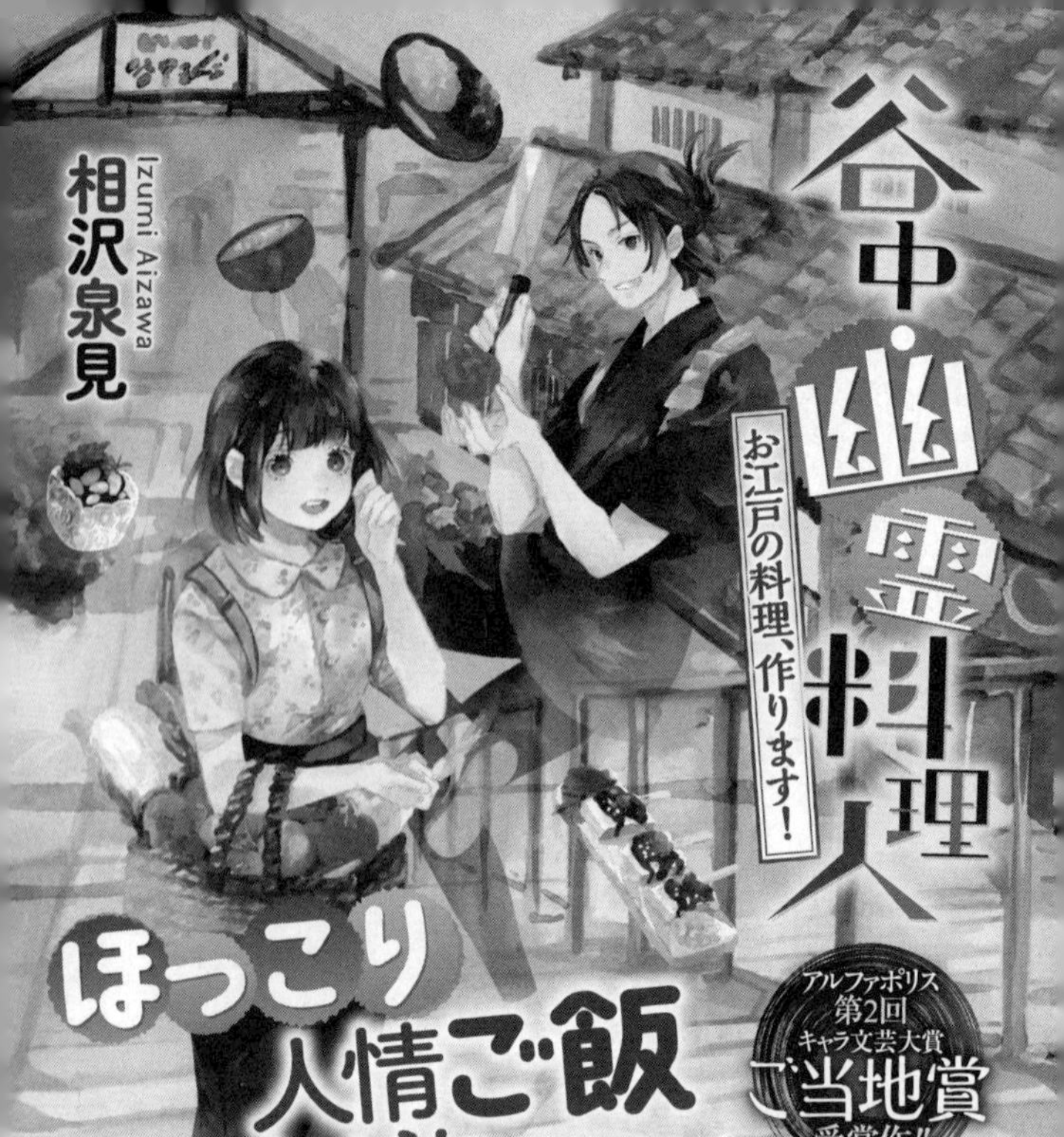
谷中・幽霊料理人
お江戸の料理、作ります!
相沢泉見
Izumi Aizawa
ほっこり
人情ご飯
召し上がれ
アルファポリス
第2回
キャラ文芸大賞
ご当地賞
受賞作!!

大学進学を機に、谷中でひとり暮らしをすることになった咲。ところが、叔父に紹介されたアパートには江戸時代の料理人の幽霊・惣佑が憑いていた!? 驚きはしたものの、彼の身の上に同情した咲は、幽霊と同居することに。一緒に(?)谷中に住む人たちとの交流を楽しむふたりだが、やがて彼らが抱える悩みを知るようになる。咲は惣佑に習った料理を通してその悩み事を解決していき——

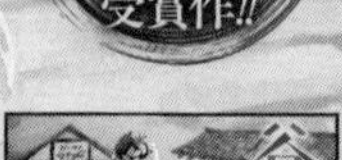
谷中幽霊料理人
相沢泉見
ほっこり
人情ご飯
召し上がれ

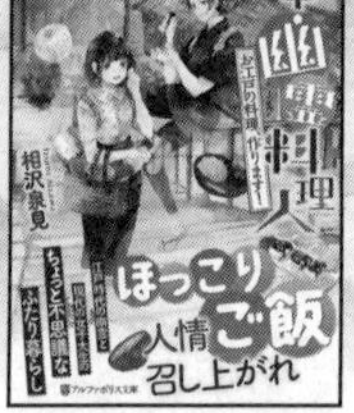

◉定価:本体640円+税　◉ISBN:978-4-434-26545-7　◉Illustration:庭春樹

猫神主人のばけねこカフェ

Kaede Kikyo
桔梗 楓

元々はさびれた
ふる〜い
カフェだって……

化け猫の手を借りれば
キャッと驚く癒しの空間!?

古く寂れた喫茶店を実家に持つ鹿嶋美来は、ひょんなことから巨大な老猫を拾う。しかし、その猫はなんと人間の言葉を話せる猫の神様だった！ しかも元々美来が飼っていた黒猫も「実は自分は猫鬼だ」と喋り出し、仰天する羽目に。なんだかんだで化け猫二匹と暮らすことを決めた美来に、今度は父が実家の喫茶店を猫カフェにしたいと言い出した！ すると、猫神がさらに猫又と仙狸も呼び出し、化け猫一同でお客をおもてなしすることに——!?

◎定価：本体640円+税　◎ISBN978-4-434-24670-8

●illustration:pon-marsh

幽霊アパート、満室御礼！

水瀬さら
Sara Minase

幽霊たちの うるさくて やさしくて 愛おしい日々。

就職活動に連敗中の一ノ瀬小海は、商店街で偶然出会った茶トラの猫に導かれて小さな不動産屋に辿りつく。怪しげな店構えを見ていると、不動産屋の店長がひょっこりと現れ、小海にぜひとも働いて欲しいと言う。しかも仕事内容は、管理するアパートに住みつく猫のお世話のみ。胡散臭いと思いつつも好待遇に目が眩み、働くことを決意したものの……アパートの住人が、この世に未練を残した幽霊と発覚して!?
幽霊たちの最後の想いを届けるため、小海、東奔西走！

◎定価：本体640円＋税　◎ISBN978-4-434-25564-9　◎Illustration：げみ

◎ISBN978-4-434-25287-7

この作品に対する皆様のご意見・ご感想をお待ちしております。

おハガキ・お手紙は以下の宛先にお送りください。

【宛先】

〒150-6008 東京都渋谷区恵比寿4-20-3 恵比寿ｶﾞｰﾃﾞﾝﾌﾟﾚｲｽﾀﾜｰ 8F
（株）アルファポリス　書籍感想係

メールフォームでのご意見・ご感想は右のＱＲコードから、
あるいは以下のワードで検索をかけてください。

ご感想はこちらから

アルファポリス文庫

柊木（ひいらぎ）さんちの絆（きずな）ごはん

かんのあかね

2020年　3月31日初版発行

編集－斉藤麻貴・宮田可南子
編集協力－定家励子（株式会社イマーゴ）
編集長－太田鉄平
発行者－梶本雄介
発行所－株式会社アルファポリス
　〒150-6008東京都渋谷区恵比寿4-20-3恵比寿ｶﾞｰﾃﾞﾝﾌﾟﾚｲｽﾀﾜｰ8F
　TEL 03-6277-1601（営業）03-6277-1602（編集）
　URL https://www.alphapolis.co.jp/
発売元－株式会社星雲社（共同出版社・流通責任出版社）
　〒112-0005東京都文京区水道1-3-30
　TEL 03-3868-3275
装丁イラスト－ゆうこ
装丁デザイン－大岡喜直（next door design）
印刷－中央精版印刷株式会社

価格はカバーに表示されてあります。

落丁乱丁の場合はアルファポリスまでご連絡ください。

送料は小社負担でお取り替えします。


ISBN978-4-434-27040-6 C0193